Kurzgeschichten

Klänge und Farben mit Worten

Von Reiner Maria Sommer

Band 1

Reinhard Mein
78573 Wurmlingen
Untere Hauptstraße 29/1

Telefon: +491726256853
r.mein@t-online.de

Buchbeschreibung:

Diese Kurzgeschichten sind eine Zusammenstellung von Hausaufgaben der Laudius Akademie für Fernstudien. Geprüft wurden diese Aufgaben von Carsten Leimbach, dem begleitenden Fernlehrer. So unterschiedlich wie die einzelnen Lektionen des Kurses „Kreatives schreiben" waren, so unterschiedlich sind auch die Geschichten. Insgesamt sind daraus 20 Geschichten entstanden. Da geht es zum Beispiel um eine Dreiecksbeziehung, einen lyrischen Songtext, eine spannende Geschichte oder auch ein Selbstporträt, eine Geschichte für Kinder und ihren Eltern, dann auch ein paar Gedichte, humorvolle und fantastische Geschichten, auch trauriges ist dabei. Alle Geschichten versprechen Kurzweile und auch viel Informatives. Viel Spaß damit.

Über den Autor:

Reiner Maria Sommer ist ein Pseudonym, unter dem der Autor schreibt. Sicher ist sicher, so denkt und lebt der Autor zusammen mit seiner Frau in einem kleinen Dorf in Süddeutschland. Nach einigen Stationen in der Rente entschloss er sich zu schreiben. Zusammen mit der Laudius Akademie besorgte er sich den entsprechenden Schliff zum Schreiben. In seinem Berufsleben schrieb er auch viel. Meistens technische Berichte und Sachverhalten. Das bedeutete unter anderem, ein sehr diszipliniertes Verhalten an den Tag zu legen. Das führte hier zum Erfolg. Den möchte er jetzt auch mit denselben Prämissen als Autor fortführen.

1. Auflage, 2022

© 2022 Alle Rechte vorbehalten.

Reinhard Mein

78573 Wurmlingen

Untere Hauptstraße 29/1

r.mein@t-online.de

ISBN: 9783756861996

Herstellung und Verlag: BoD – Books on Demand,
Norderstedt

Inhalt

Eine Dreiecksbeziehung

Peter und Holger saßen bei einem Glas Wein, einen samtig Roten am Abend zusammen. Jana war zum Geburtstag bei ihrer Freundin. Es war ein lauer Abend auf der Terrasse und Peter begann sich zu erinnern.

Wir waren ja noch jung, damals. Gerade mal vier Jahre verheiratet. Kennengelernt haben wir uns während unserer Ausbildung. Ganz am Ende. Zum Abschluss der 3 1/2 Lehrjahre waren wir in Paris. Da ist es dann passiert. Jana war meine erste Liebe. Recht schnell kam dann unser Florian. Kurz vorher heirateten wir dann. Die Eltern eben.

Habe es nicht vergessen, ich kann es nicht vergessen. Flori war schon vier. Er ging in den Kindergarten. Und dann, dass. Eigentlich ein Wochenende wie viele andere auch. Doch gegen Abend änderte sich etwas Grundlegendes. Jana fehlte. Ich hatte den ganzen Tag zu tun und bemerkte erst jetzt, dass sie nicht da war. Sie war weg. Einfach weg. Und Flori auch. Dabei hatte ich den ganzen Tag so ein komisches Gefühl. Irgendwas war anders. Und jetzt waren sie weg. Beide, Jana und Flori. Ich wollte noch was kochen für uns. Und jetzt ...

Ich rief bei Janas Eltern an. Allein auch dort war sie nicht. Aber Flori. Sie wunderten sich nicht. Waren einiges gewohnt von Jana. In dieser Samstagnacht machte ich kein Auge zu. Das Handy lag auf dem Nachttisch bereit für den Empfang einer Nachricht. WhatsApp. Ich war eingeloggt. Nein, keine Verbindung. Was malte ich mir alles für Szenarien aus. Weißt Du, ich musste immer an das Lied von dem Grönemeyer denken, wo es heißt, was soll das? Und dann am Sonntag. Ich wollte zur Polizei. Eine Vermisstenanzeige aufgeben. Aber ich ließ es. Ich hatte eben dieses blöde Gefühl. Wie beim Blütenzupfen: Sie kommt, sie kommt nicht, sie kommt, sie kommt nicht und so weiter.

Ja, und dann plötzlich, am Mittwoch, kamen Sie alle. Jana, Holger, Flori. Jana sagte: „Peter, wir müssen reden". Über was sollten wir denn reden? Es war doch wohl eindeutig. Nein, war es nicht. In ihren Augen war es nicht so. Ich möchte, dass Holger bei uns bleibt, war ihr Wunschbefehl. Mein Mund brauchte keine Mundsperre mehr. Und Flori, was hast du Flori gesagt. Ist schon in Ordnung. Wieder war Grönemeyer in meinem Kopf: Aber der muss es doch nun wirklich nicht sein. Was soll das? Um es kurz zu machen, Holger blieb über ein Jahr. Erstaunlich war, wie wir uns arrangieren konnten. Wir entwickelten uns zu einer Art Patchwork-Familie. Jeder wusste, was er zu tun hatte, es gab kaum Streit. Flori nahm es gelassen. Ihm schien es sogar Spaß zu machen. Er hatte den eigentlichen Vorteil in dieser Familie. Und trotzdem kam es, wie es kommen musste. Holger kam irgendwann nicht mehr zu uns zurück. Jegliche Verbindung zu Jana brach er ab. Etliche seiner Kleider und Utensilien lagen noch verstreut herum. Von seinen Bekannten hörten wir, er sei ausgewandert. Von mir aus. So weit wie möglich weg. Auf den Mond. Weg, Hauptsache weg.

Als Jana dann ausgetrauert hatte, für sie war es ein Verlust wie jemand gerade Verstorbenes, schlief sie auch wieder mit mir. Und wir bekamen noch ein Pärchen. Eins nach dem anderen. Als währe nichts gewesen.

Moderne Lyrik: Songtext von Des´ree

Eigene Interpretation

Leben, oh Leben, oh Leben, oh Leben, danach gilt es zu streben.
Ich habe keine Angst vor Dunkelheit, ich habe keine Angst vor einem Geiste.
Schauer bekomme ich keine, wenn ich alleine durch die Geisterstadt gehe.
Es ist ein Anblick, den ich nicht fürchte und nicht lehre.
Ich bin ein Mädchen ohne Aberglaube, gegen den ich mich wehre.
Ich bin nicht das Schlimmste der Welt.
Was soll ich mit dem ganzen Geld.
Ich gehe unter Leitern hindurch und brauche keine Hasenpfote.
Mein Weg geht immer weiter nach oben.
Die schwarze Katze von links, sie spielt mit mir.
Ich werde dich auf einen Mut hin mitnehmen zu dir.
Nenne mir deinen Ort, ich werde dort sein.
So ist das schon in der Natur zementiert.
Zeig mir ein Lebewesen, welches nicht leben will, nicht leben muss.
Schon im Winter sind die ersten Lebenszeichen verziert.
Knospen schieben sich an das Licht, es hat sie gerufen, es ist eine Lust.
Noch nistet das Ei im Bauche der Mutter, es braucht seine Zeit,
all das braucht seine Zeit, dann bekommt es sein Kleid.
Es fürchtet sich nicht. Nicht vor Dunkelheit, nicht vor Einsamkeit, nicht vor Nähe, nicht vor Weite.
Leben fürchtet sich nicht. Leben bekommt keine Schauer, Leben hat keine Angst vor Geistern, und nicht vor Leute.
Aber Leben braucht Nahrung. Nur einen Schluck Wasser, ein Stück Brot.
Das Leben, es interessiert sich für dich, für mich, für alle, ohne Not.
Es ist nicht abergläubisch, nein, es braucht keine Wunderheiler, es geht auch unter Leitern hindurch und es braucht auch keinen Hasenschwanz.
Und bevor das Leben entsteht, da fragt es nach, ob es leben darf. Nein, so einfach, wie es auch scheint, ist es nicht, und doch macht es so viel Spaß.

Eine spannende Geschichte

Krieg in der Ukraine oder wie die Zeit Kiew in die Karten spielte

Mittwoch, den 23. Februar 2022

Russland führte an der ukrainischen Grenze ein groß angelegtes Manöver durch. Das bewog den ukrainischen Präsidenten dazu, die ukrainische Bevölkerung auf einen Krieg mit Russland vorzubereiten. Eine Teilmobilmachung von Reservisten wurde angeordnet, ein Ausnahmezustand für 30 Tage verhängt. Die Separatisten in der Ostukraine bekommen es scheinbar mit der Angst zu tun. Sie bitten Russland um militärische Hilfe. So beginnt eine Kriegsmaschinerie mit dem eigentlichen Ziel, eine Weltherrschaft auf Russlands Ideologie fußend, zu errichten.

Donnerstag, den 24. Februar 2022

Russische Truppen starteten ihren Angriff auf die Ukraine. Panzer stießen vor, es gab Luftangriffe fast in der gesamten Ukraine. Hauptsächlich wurde Kiew attackiert. Zu Boden, aus der Luft und von der Seeseite.
Im Büro des Präsidenten der Ukraine in Kiew bildet sich ein Stab, ein Krisenstab. Das besondere daran: Als führungserfahrene und allein verantwortliche Leiterin wurde Ludmilla Popov aus Leningrad gewählt. Ludmilla hatte schon viele Krisen gematcht. Mit ihren 45 Jahren konnte sie sich sehr gut und sehr schnell auf gefahrvolle Situationen einstellen. Sie war dabei sehr ruhig, aber immer bestimmt. Niemand der 20 Leute des Stabs widersprach ihr. Schon seit Weihnachten weilte sie in Kiew und hat seither ihr Team zusammengestellt. Entsprechend den erforderlichen Themen. Und das waren viele. Auch je ein Wissenschaftler aus Physik und Raumfahrt unterstützten Ludmilla bei ihrer Planung zur Verteidigung der Ukraine. Der eine, Conradt Schuster aus Berlin. Conradt 's Spezialgebiet ist die Verschiebung der Zeit- und Lichtachsen im Universum. Darin hatte er promoviert. Der andere, Allister McGulliver aus Edinburgh, studierte und promovierte in der Raumfahrt mit den Zeit- und Lichtachsen.
Die Streitmacht der Ukraine wurde in Alarm versetzt.

Freitag, den 25. Februar 2022

Die russische Armee drang weiter in Richtung Kiew vor. Eile zur Verteidigung war deshalb geboten.
Ludmilla und Conradt besprachen sich, was man tun könnte. Conradt hatte einen verwegenen Vorschlag und Plan. Zumindest Ludmilla empfand ihn als sehr weit hergeholt und doch sehr spannend.
Conradt scannt mit seinem Laptop ein 3-D Szenario in den Raum, welches so noch niemals vorher gesehen wurde. Sichtbar wurde die Erde. Reduziert auf die Ukraine und Russland. Licht- und Zeitstrahlen weisen in den Weltraum. Ein Lichtstrahl sieht man von vorne her. Dadurch kann die parallel verlaufende Zeitachse auf den Ursprung des Lichtstrahls zurückdatiert werden. Die Zeitachse ist erstellt. Entlang dieser Strahlen bewegt sich ein Raumschiff in die Vergangenheit. Rechner filtern die richtigen Strahlen heraus und bieten diese zur Nutzung an. Mit einem Navigationsgerät konnte das Raumschiff an die Strahlen andocken, um dann in die vorgesehene Zeit zu fliegen, 780 n. C., dort ist eine Laserkanone im Weltraum stationiert. Sie wird derzeit dort

nicht gebraucht. Sie stammt aus dem Jahr 2525, in der sie gebaut wurde. Die soll nun her geholt werden. Ludmilla und Conradt besprechen sich über diese Vorgehensweise.

Ludmilla: Ja, und wozu das Ganze? Willst du die Zeit zurückdrehen? Damit ist doch keinem geholfen.

Conradt: Nein, wir holen die Laserkanone her zu uns.

Ludmilla: Sehr ernst und bestimmt: Gleich lach ich, wir sind doch nicht in einem Sciencefiction.

Conradt: Hier, in dem Szenario siehst du, wie das funktioniert.

Ludmilla: Was ist das für ein Gerät. Wofür können wir es nutzen.

Conradt: Es ist eine Laserkanone aus dem 3. Jahrtausend. Wir haben diese Kanone in 780 über Deutschland implementiert. Ich kann die Kanone vorübergehend zu uns her holen. Ein Raumschiff steht bereit und wir können sofort starten. Verfolgen lässt sich alles über das Echtzeitszenario, also hier im Raum.

Ludmilla: Dann los.

Schon hob das Raumschiff von seiner Basis ab. Wie auf Schienen schnürt es auf dem Lichtbündel dem vorbereiteten Knotenpunkt entgegen. Faszinierend dem zuzuschauen. Niemand konnte stören, niemand den Vorgang aufhalten. Über Funk war man mit der Kommandobrücke verbunden.

Käpten McGulliver saß am Steuer. Und schon hatte er die Kanone eingefangen, sie schwebte im Weltraum, aber fest an ihren Koordinaten gebunden. Über Kiew setzte er sie wieder am 25. Februar im Jahre 2022 aus.

Conradt schilderte derweilen Ludmilla den Zusammenhang anhand des 3 D Szenarios. Jetzt musste es aber auch schnell gehen. Ein russischer Konvoi bewegte sich auf der Straße gen Kiew. Irgendwo schlugen Raketen ein. Die Laserkanone wurde an einer Stelle platziert, von wo aus sie die wichtigsten Ziele treffen konnte. Erst Panzer, dann Raketenbasen, dann Flugzeuge und am Ende die Schiffkonvois.

26./27. Februar 2022

In der Nacht erteilte Ludmilla den Befehl zum Angriff auf die Panzer. Der Befehl aber erging nur an McGulliver.

McGulliver nahm also die Panzer ins Visier. Sehr gut sichtbar auf den Radarschirmen im Raumschiff. McGulliver zielte nicht auf die Panzerfläche, sondern auf das Kanonenrohr der Panzer. Auf die Bindung zum Fahrzeug. Er trennte mit dem Laser die Rohre an ihre Anbindung zum Fahrzeug fast durch. Nur so, dass das Rohr nicht abfiel. So präzise konnte McGulliver mit der Laserkanone arbeiten. Nach einer Stunde war das dann erledigt. An allen Panzern, die radarseitig erfasst werden konnten, vielleicht tausend. Der zweite Punkt waren die Raketenbasen. McGulliver verschweißte mit dem Laser die Verdeckelungen der Raketensilos. Die Raketen blieben einfach stecken. Sie konnten gar nicht abgefeuert werden. Zeit, ca. eine halbe Stunde. Und dann die Flugzeuge. Mit dem Laser wurden die Bindungen der Lenkflossen durchtrennt. Damit war ein Start unmöglich. Ein russischer Konvoi transportierte Waffen Richtung Kiew. Der Konvoi stand am Straßenrand und die Soldaten warteten auf die Dämmerung des Morgens zum weiteren Transport. Ein Auge voll Schlaf tat gut. Die Waffen wurden jetzt aus dem Weltraum vernichtet, allesamt, den gepanzerten Begleitfahrzeugen die Bordkanonen abgeschnitten. In kürzester Zeit wurden so die Waffen der Russen als auch der Separatisten unbrauchbar zerstört. Das eine Auge der Soldaten öffnete sich und schloss sich wieder. Es blinzelte in den Morgen. Was es sah, konnte nicht wahr sein. Das Auge, glaubte zu träumen. Das andere Auge sah irgendwas unwirkliches, unerklärbares und beschloss, für heute geschlossen zu bleiben. Jetzt noch die Seestreitkräfte etwas marodieren, also den Schleuderdraht der Jagdbomber durchtrennen. Es war alles ganz einfach. Das wird dann ein fröhliches Erwachen werden. Ach ja, noch ein paar Löcher in das Deck brennen. Halbe Stunde Arbeit, sehr effektiv.

28. Februar 2022

Die russischen Soldaten begannen ihren neuen Tag. In Kiew wurde gestern noch der Funk-und Fernsehturm mit Erfolg beschossen. Hat aber nichts gebracht. Aus dem Weltall konnten die Verbindungen wieder hergestellt werden. Also zum Neustart des Kriegsgerätes. Frühstück? Heute nicht. Es gab keines. Motoren an und weiter. Plötzlich ein Geschrei, ein Tumult, ein lautes ungläubiges, ups. Was ist dass denn?!!
Die Feuerrohre der Panzer fielen ab und lagen auf der Straße. So ungefähr tausend davon. Panzerfahrer wurden dabei verletzt.
Die Ukrainer begannen zu lachen. Sie konnten es erst nicht glauben, aber dann lachen, überall lachen. Selbst die Russen mussten lachen. Und so lagen sich auf einmal Freund und Feind in den Armen und lachten ...
Auffällig war auch, dass nichts aus der Luft geflogen kam. Kein Düsenjet, keine Rakete. Es gab keinen Sirenenlaut zur Warnung. War der Krieg vorbei? Was ist passiert. Und wo waren die Schüsse der Gewehre. Es gab keine Schüsse, keine Gewehre mehr. Nach und nach sickerte durch, dass der Kriegseinsatz nicht mehr fortgesetzt werden konnte. Alle Waffen der russischen Miliz waren zerstört. Putin soll einen Tobsuchtsanfall bekommen haben und wild um sich geschossen haben. Mehrere Tote sollen beklagt worden sein. Seine Generäle sind geflüchtet. Es hat also funktioniert. Die Laserkanone war schon wieder zurück auf ihrem angestammten Platz. Ludmilla und Conradt konnten dem Präsidenten von einer erfolgreichen Verteidigung der Ukraine berichten. Die geflüchteten Menschen konnten wieder zurückkommen. Zum Glück. Die allgemeinen wirtschaftlichen Beziehungen wurden wieder aufgenommen. Das Getreide konnte verschifft werden. Die See-und Landminen wurden entfernt. Der Krieg dauerte vom 23. bis zum 28 Februar. Kaum Schäden durch Angriffe der Russen wurden gemeldet. Das normale Leben konnte weitergehen. Jahre später wurde die Ukraine in die Europäische Union aufgenommen.

Als die Bären tanzen lernten

Der Wind bläst lautstark durch die Wipfel. Ein Trockenholzkorridor brennt lichterloh. Blitze zucken umher. Aus dem Himmel herab. Mittendrin eine Bärenfamilie. Vaterbär, Mutterbär und Kinderbären. Um die Schar herum, Feuer. Viel Feuer. Der Waldboden ist heiß, sehr heiß. Die Bären treten von einem Fuß auf den anderen oder drehen sich im Kreis oder hüpfen herum. Als würden sie tanzen, immer schneller. Und dazu singen sie. Das Lied vom Feuer, dann, wenn es wehtut. Ja, man hört sie jaulen. Vater Bär mit tiefem Bass, Mutter Bär in hohem Sopran, Bärenkinder in quiekendem Tenor. Das ist ganz gewiss kein Freudentanz. Aber so lernten die Bären tanzen.

Und doch, man spürt noch etwas. Tropfen, dicke Tropfen. Eine Wolke, schwer und düster schiebt sich über den Wald. Getränkt mit Labsal. Labsal für die Füße der Bärenfamilie. Denn den traurigen Bärengesang hat Gott gehört. Und Gott schickte das kostbare Nass, damit sich die Bärenfüße darin abkühlen konnten.

Wofür das kühle Nass doch alles gebraucht werden kann. Den einen rettet es vor dem Verbrennen, den anderen vor dem Verdursten und wieder andere können damit für sich arbeiten lassen.

Genauso hat Gott es eingerichtet. Für jeden, der auf Erden lebt. Für jeden dass, was er dringend bedarf.

Eine Reportage – Der Zahnersatz

Es wurde höchste Zeit, zum Zahnarzt zu gehen. Der Zucker, der hat die Zähne ramponiert. Das Kauwerkzeug wurde zu einem größeren Sanierungsfall. Das Essen wurde auch immer flüssiger. Eine Behandlung als notwendiges Übel, wenn man das so bezeichnen kann, war alternativlos. So kam der Umzug in die neue Gemeinde gerade recht. Wie oft lief ich an der Praxis vorbei, ich habe es nicht gezählt. Und dann, eines Tages sagte ich mir: wenn nicht jetzt, wann dann! Ich trat ein.

Ein Glaskäfig, der den Eingangsbereich in helles Licht flutet. Links vor der zweiten Tür in der Ecke das Fläschchen, dessen Inhalt die Patschehändchen desinfizieren sollten, wenn man fest reibt, auch zwischen den Fingern. Die Haut löste sich schon langsam auf. Dann durch die nächste Türe und man steht vor der Empfangstheke. Ein ovaler Tisch, davor eine Anrichte mit weißgrauen Längsstreifen. Darauf ein Brett auf grauen Metallfüßen. Tisch und Brett aus Weißbuche. Dahinter ein Holzbild mit Schachbrettmuster an der Wand. In der Mitte eine weiße Blüte. Alles sehr feudal eingerichtet, man fühlt sich sofort wohl. Vorher noch die Schutzmaske aufsetzen. Keiner da. Linker Hand der lange Flur und gleich nochmals links das Wartezimmer. Alles große, weiße Fliesen. Ach ja, nur einen Termin machen.

Im Warteraum sitzt niemand. Gut, da kommt auch schon jemand. Die Sprechstundenhilfe ist sehr freundlich. Ist auch wichtig beim Zahnarzt. Nicht nur beim Zahnarzt. Der Termin war schnell ausgehandelt und zwei Tage später saß ich dann wieder im Wartezimmer. Mit noch weiteren Patienten. Die wurden gleich aufgerufen und in ihr Behandlungszimmer begleitet.

Der Warteraum ist klein. In der Mitte ein kleiner, niedriger Tisch belegt mit verschiedenen Flyern zum Thema Zahnersatz. Drumherum ein paar Sessel an die Wand gestellt. Insgesamt fünf. Ein Kleiderständer gleich neben dem Einlass, daneben eine Vitrine befüllt mit verschiedenen Zahnutensilien aus alter Zeit. Und schon kam jemand den Flur herunter und rief meinen Namen. Schnell mein Handy eingepackt und Maske auf dem Helferlein hinterher. Es gab drei Behandlungszimmer, von denen ich im Zimmer mit der Nummer eins auf dem Liegestuhl für Patienten Platz nahm. Das ging zur Straße hinaus. Recht groß, das Zimmer. Bestückt mit einigen Bildschirmen auf einem langen Sideboard mit vielen verschiedenen Utensilien. Schon kam der Zahnarzt und fragte nach meinem Begehr. Aber zuerst Begrüßung. Er hält seine Hand her. Ich schaue in fragend an. Zögerlich gebe ich ihm diese meine Hand. Er fragt noch, ob ich meine Hände desinfiziert habe. Ja, natürlich. Gut. Ich desinfiziere den ganzen Tag. Also keine Sorge. Dann Hände schütteln. Er hat einen festen Griff. Hoffentlich halten das die Zähne aus. Man macht sich ja so seine Gedanken. Dann alles begutachtet und schon ein Planungsgespräch. Was ist zu tun. Einiges. Neuer Termin und fertig. Höchstens zehn Minuten. Das wiederholte sich jetzt nach jeder Sitzung. Was machen wir als Nächstes. Neuer Termin. Nach einem viertel Jahr war alles vorbereitet für die Hauptsache, den Zahnersatz. Das ist ein Beispiel von effizientem Zahnärztemanagement. Bei jedem Termin war die Wartezeit kaum mehr länger als fünf Minuten. Auch seine Arbeit am Zahn war höchst professionell. Kaum Schmerzen während und nach der Behandlung. Und zwischen den Terminen war für das Zahnfleisch genügend Zeit für Ruhe und Heilung. Gut, seine Redseligkeit hielt sich in engen Grenzen, doch alles Wichtige wurde besprochen. Er war immer sehr freundlich, über manchen Witz haben wir gelacht. Ich fragte ihn: Kennen Sie den? Mutti, Mutti, er hat überhaupt nicht gebohrt. Er: Ja, er hat sie alle gezogen.

Und wie überall muss man auch hier immer gedanklich mitarbeiten. Eine Arzthelferin, sie entpuppte sich als Zahnärztin, wollte mir nochmals eine Betäubung injizieren. Der Doc hatte aber schon gespritzt. Also nachfragen: äh, nochmals spritzen!? Ups, schnell den Raum verlassen und erst mal sich nicht wieder blicken lassen - die Ärztin.

Ja, das Spritzen ist auch ein Kapitel für sich. Es gibt Ärzte-innen, da spürst du keinen Einstich. Dann gibt es wieder welche, da glaubst du, sie pressen die Nadel durchs Hirn, wahrscheinlich, um den Patienten zu vernebeln. Ich vermute, damit er dann nicht mitbekommt, was Arzt und Helferlein miteinander zu besprechen haben. Bei meinem Doc spürte ich nur den Einstich, und dann war Ruhe. Von da an war alles ganz easy für mich. Für den Arzt wohl nicht. Beim Ziehen der Zähne schnaufte er schon ordentlich. Lauter kleine Stücke, sehr tief im Kiefer drin. Aber dennoch hat er es geschafft. Trotzdem keine Schmerzen als die Betäubung nachgelassen hat. Dafür habe ich ihn dann auch gelobt.

Ich finde es sowieso motivierend für einen Arzt, für jedermann, wenn man ihn lobt, dann, wenn er etwas gut gemacht hat. Also alle Arbeiten ohne Schmerz durchgestanden, die Zähne formidabel hergerichtet. Das gilt auch für den Ohrenarzt, wenn er, ohne Schmerzen zu verursachen, die Ohren ausräumt oder die Sars-CoV-2 Nasentester ohne Nasenkribbeln testen oder Darmspiegelungen etc., etc.

Zurück zum Zahnarzt. Effizient war auch dann den weiteren Verlauf aufzuzeigen, was jetzt noch getan werden musste. Dazu das wirklich Interessante, die Kosten. Das hatten wir im 3. Anlauf. Ist ja auch wichtig zu wissen, welche Spangenart man eingebaut bekommen kann. Ob mit Seitenhaken oder als Teleskop. Vor und Nachteile. Natürlich alles eine Preisfrage, aber nicht nur. Ich habe mich für die Teleskopbefestigung entschieden. Das soll dann die Folgebehandlungen, so notwendig, vereinfachen.

Alles in allem musste ich dem Zahnarzt einen guten Job konstatieren. Kaum Wartezeiten, kompetente Beratung, kompetente Arbeit am Objekt, jeden Schritt im Mund kommentiert.

Und somit über einen recht kurzen Zeitraum alles erledigt zu haben. Doch so was geht.

Das kleine Kätzchen Schnurriburri

Katzenalarm

An einem wunderschönen Sonntagmorgen, blauer Himmel, Frühlingsdüfte in der Luft und überall Stille, Ruhe, nichts regte sich. Aber doch, was war das? Ein ganz leises Fiepen. Woher kommt es? Von dort drüben? Aus dem Haus? Aus dem alten Schuppen? Da, wieder!! Doch, da im Schuppen!
Die beiden Mädchen schlichen zu dem Schuppen, um nachzusehen. Sie wollten der Sache auf den Grund gehen. Vorsichtig öffneten sie die Tür einen Spalt weit. Noch weiter. Noch ein bisschen, sodass Licht in den Schuppen fiel. Ja, und jetzt sahen sie die Bescherung. Pamuki, ihre Angorakatze, hatte Junge bekommen. Die Kinder zählten: eins, zwei, drei, vier. Vier süße Kitten lagen bei ihrer Mutter. Und sie fiepten. Eines nach dem anderen und dann alle zusammen zum Fiepkonzert. Es klang wie Hunger, Hunger, Hunger, wo bleibt denn unser Hummer oder so ähnlich.
Schnell schlossen die Mädchen die Türe und liefen zum Haus. Schon kam der Vater ihnen entgegen, die Mama hinterher. Die Mädchen riefen aufgeregt, Pamuki, Pamuki hat Junge bekommen. Vier, es sind vier. Schnell liefen alle zur Hütte, der Vater wollte aufsperren, aber es war schon aufgeschlossen. Einer nach dem anderen trat vorsichtig ein. Pamuki hatte sie im Auge. Sie gab ein leises Miau von sich, was so viel bedeutete wie: Ich habe Durst. Ja, sie brauchte dringend zu trinken. Sofort ging die Mutter etwas frische Milch holen. Der Vater schaute sich derweil die Kätzchen an und auch Pamuki, ob sie alle alles gut überstanden haben. Ja, doch, es schien alles gut gegangen. Er machte ein paar Bilder mit dem Smartphone, damit er sie auf seiner Website einstellen konnte. Für Marie und all den Angoraliebhabern der Welt.
Selcuk, wo die Mädchen mit ihren Eltern wohnten, ist eine Kleinstadt an der türkischen Ägäis. Ihr Vater, der Bürgermeister von Selcuk, züchtete nebenbei Angorakatzen. Angorakatzen sind typische türkische Katzen. Und ihr Vater verstand viel von Angorakatzen. Das muss man auch, sonst kann man sie nicht züchten.

Marie

2500 km weiter nordwestlich, in Radolfzell, ein kleiner Ort am Bodensee. Dort war die kleine Marie zu Hause. Sie wohnte mit ihrer Familie in einem kleinen Häuschen nahe der Mettnau. In dem Häuschen lebten ihre Eltern, ihr Bruder und Schnuff, eine. Sibirienhusky und Marie. Letztes Jahr wurde Marie eingeschult. In die Teggingerschule, eine Grund-und Hauptschule. Markus Tegginger war ein deutscher katholischer Geistlicher und ein Hochschullehrer, geboren in Radolfzell. Er lebte von 1540 bis 1600. Nach ihm wurde die Schule benannt.
Zu Maries Zeit war die Schule ein wenig verrufen. Lehrer und Schüler verstanden sich nicht so richtig, war zu hören. Die Lehrer sind eigentlich ok, die meisten Schüler der oberen Stufe sind sehr schlimm. Sie beleidigen oft die kleineren und die kleineren wiederum nehmen die Schimpfwörter „mit" und beleidigen damit andere. Keine Vorbilder!
Marie ist von Geburt an schwerhörig. Ihr inneres Ohr hat sich nicht richtig ausgebildet. Die Gehörknöchelchen. Ihre Eltern haben es erst spät bemerkt. Nun kann Marie auch nicht richtig reden. Weil sie schwerhörig ist und schlecht redet, kommt sie nicht so gut mit in der Schule. Sie muss zu Hause sehr viel nachlernen. Und Freundinnen sind auch rar.
Schnuff, der Husky, gehört ihrem Bruder Tim. Der ist mit seinen 18 Jahren schon ein junger Mann. Als Marie zur Welt kam, waren beide schon im Elternhaus, Schnuff und

Tim. Und beide gingen nicht gerade zimperlich mit Marie um. So manche Blessur hat sie davongetragen. Es ist aber nicht so, dass sie sich gar nicht mochten. Die Eltern hatten schon ein Auge darauf. Aber sie ließen bei der Marie manches durchgehen, was bei Tim und Schnuff undenkbar gewesen wäre. So ein Husky braucht schon eine starke Hand und so ein Bub eben auch. Und Marie nutzte manchmal ihren Sonderstatus aus. Mit dem Aufräumen beispielsweise oder mit der Wahrheit beispielsweise. Manchmal trug sie etwas dick auf. Auch der Umgang mit Tieren oder Pflanzen war nicht ihre Stärke. Tim sagte immer: Unsere Prinzessin auf der Erbse, in Anlehnung an das Märchen. Das alles führte dazu, dass der Familienrat tagte, was denn nun zu tun sei. Mama Ceylin hatte eine Idee. Aufmerksam hörten alle zu.

Familienrat

Ich habe doch einen Vetter in der Türkei. Habe lange nichts von ihm gehört. Der züchtet Angorakatzen. Angorakatzen sind sehr liebe und sehr kluge Katzen. Kreative Spiele mag sie sehr. Und wenn man sie gut pflegt und füttert, dann ist so eine Katze ein sehr guter Spielkamerad. Tim gab zu bedenken, dass ja Schnuff noch da sei. Und ein Husky kann nicht mit Katzen. Die Mama hielt das aber für kein Problem, weil die Katze ja noch klein ist. Sie gewöhnt sich an den Hund. Und Schnuff ist schon in einem Alter, in dem ihm vieles nicht mehr erschüttert. Also gut, sagte der Vater dann, wenn sich Marie um die Katze kümmert, dann habe ich nichts dagegen. Tim hatte zwar weitere Bedenken, aber die Mama konnte sie zerstreuen. Nun aber zu Marie. Was, wenn sie keine Katze haben will? Doch, aber ja, Marie wollte ein Kätzchen, ein Kitten, wie man auch sagt. Und wo bekommt man das her? Fragte sie besorgt. Jetzt erzählte die Mama der Marie, dass sie einen Vetter in der Türkei hat, der Angorakatzen züchtet. Sie wollte ihn kontakten und fragen, ob er Junge da sind. Sie hatte seine E-Mail-Adresse. Und sie würde ihn auch gern mal wieder besuchen. In seinem Selcuk. Er ist ja dort Bürgermeister. Gesagt getan. Die Mama schrieb ihrem Vetter mit dem Anliegen. Bald schon bekam sie Antwort. Die ganze Familie vom Vetter freut sich auf den Besuch. Ja, und auch Kitten sind unterwegs. Ein Termin konnte auch schon angeboten werden. Wenn die Kitten Anfang Mai zur Welt kommen, dann könnten Sie 13 Wochen später von ihrer Mutter getrennt werden. Also eines reservieren für Marie. Denn Angoras sind sehr beliebt. Also Mitte August kann der Besuch stattfinden. Und weil da auch Ferien sind, passt das ganz gut.

Erster Kontakt

Zwischen Marie und den Schwestern in Selcuk entwickelte sich eine Brieffreundschaft per Mamas Mobiltelefon. Alle drei waren etwa gleich alt. Auf diese Art wurde Marie immer über den Stand der Dinge in Selcuk informiert. Und sie hat sich eines der Kitten schon ausgesucht. Das mit der pinken Schleife. Haben die Schwestern schon umgebunden um den Hals. Ein Foto von dem Kitten haben die Schwestern der Marie auch schon gesendet. Per Post. In Großformat. Zum Aufhängen im Zimmer der Marie. Marie lernte in dieser Zeit auch ein wenig türkisch sprechen. Darauf war sie stolz. Auch die Kinder in der Schule begannen Marie zu bewundern. Das tat ihr gut. Dank der Hilfe für Kinder mit Förderbedarf an den Schulen konnte Marie, trotz ihrer Behinderung, die Grundschule am Ort besuchen. Und nun das Kitten. Es ist ein Junge. Einen Namen hat er auch schon. Schnurriburri. Jeden Tag musste Marie den neusten Stand erzählen.
Eines Tages musste Marie davon berichten, dass eines der Kitten verschwunden war. Das mit der blauen Schleife. Es war nicht mehr aufzufinden. Das Gesprächsthema

Nummer eins in der Klasse, ja in der ganzen Schule. Jeder fragte Marie nach dem blauen Kätzchen. Offenbar war das Schloss an der Hütte in Selcuk kaputt. Ein Dieb konnte so ungehindert zu den Jungen und Pamuki war betäubt worden. Sie taumelte am anderen Tag auf ihren vier Pfoten durch die Hütte. So eine „Gemeinheit" waren sich alle in der Schule einig.

Die Ferien kamen. Marie und ihre Mama bereiteten sich auf die Reise nach Selcuk vor. Die Frage, ob Flugzeug, Zug oder Auto für die Reise gewählt werden, musste auch noch geklärt werden. Letztlich fiel die Wahl auf das Auto. Zwar ist das schon eine lange Reise, aber mit Übernachtung war es nicht so schlimm. Aber so konnte man das Kitten einfach im Auto mit sich nach Hause nehmen. Die Mama hat alle Formalitäten schon längst erledigt. Die Reise konnte beginnen.

Die Reise

An einem Samstag. Die gewählte Route führte über Land und durch verschiedene Länder. Österreich, Slowenien, Serbien. Auf der Hälfte der Strecke, etwa 1200 km, lag Belgrad. Hier wollte die Mama übernachten. Am Sonntag, nach dem Frühstück, ging es weiter. Nach Selcuk. Herrliches Wetter begleitete die beiden. Man könnte sagen: Wenn Engel reisen, dann lacht der Himmel. An den Grenzen gab es kaum Aufenthalte, die Grenzpolizisten waren alle sehr freundlich und zuvorkommend. Und so kamen sie am späten Abend in Selcuk an.

Der Vetter wohnte in einem Außenbezirk von Selcuk. Dahin kamen die zwei nun. Sie wurden schon erwartet von der ganzen Familie und sehr herzlich empfangen. Marie freute sich auf das Kitten. Die zwei Mädchen nahmen sie gleich mit in den Stall. Dort hatten die Kitten ihre Behausung. Und da war Schnurriburri. Er lag in seinem Körbchen zusammengerollt. Es war ja schon spät und Schlafenszeit.

Selcuk

Am anderen Tag, nach dem Frühstück, gingen die Mädels rüber zu den Kitten. Da war die morgendliche Toilette angesagt. Und die ist ausgiebig und kann dauern. Marie hatte ein Halsband für Schnurriburri dabei. Vorsichtig näherte sie sich dem Kitten. Und da maunzte auch schon Pamuki. Das hieß: Erst mal zu mir kommen. Ich will sehen, wer du bist. Und nachdem sie ausgiebig von den Kindern gestreichelt und liebkost wurde, durften sie jetzt zu den Kleinen. Pamuki war sehr misstrauisch, seit eines der Kätzchen verschwunden war. Marie legte nun, ganz ganz vorsichtig, das Halsband um Schnurri. Es war ein verstellbares Katzenhalsband aus schwarzem Samt mit Kristallsteinen und einem Herzanhänger. Das pinke Schleifchen löste sie. Marie nahm Schnurri auf ihren Arm. Jedes der Mädchen hatte jetzt ein Kätzchen auf dem Arm. Die Mama von Marie machte ein Foto von den dreien mit ihren Kätzchen und schickte das Bild gleich nach Hause. Die zwei Wochen vergingen wie im Flug. Viel hatte Marie gesehen und gehört. Perfekt Türkisch konnte sie zwar noch nicht, war aber nah dran. So kam der Tag des Abschiedes.

War auch alles dabei?! Schnurriburri ist geimpft: 2 x gegen Katzenschnupfen u. Katzenseuche und er ist mehrfach entwurmt. Er verfügt über einen Stammbaum, Transponderchip und einen aktuellen Impfausweis. Ein Starterpaket mit dem gewohnten Futter für die ersten Tage sowie viele wertvollen Tipps sind auch dabei. Nach herzvollen Umarmungen und Liebesbezeugungen und erneuter Einladung hin und her stiegen Marie und ihre Mama ins Auto. Nochmals schauen, wo Schnurri ist ja da. Jetzt kann es losgehen. 2500 km nach Hause, nicht an einem Stück. Übernachtung in Belgrad. Marie war schon ganz gespannt, was sie zu Hause alles sagen würden. Was Marie selbst alles zu erzählen hatte. Marie wurde schon ganz kribbelig. Nach Hause.

Zu Hause

Die Fahrt war spannungsfrei, dem Kitten ging es gut und so kamen die drei, zwar müde, aber sehr entspannt wieder zurück nach Hause. Alle freuten sich, jeder wollte das Kitten sehen und streicheln. Schnuff natürlich nicht, er zog sich beleidigt in seinen Korb zurück. Schnurri bekam sein eigenes Körbchen im Zimmer von Marie. Es war schon spät am Abend und Marie wollte nur noch schlafen. Das Kitten auch, sodass erst am anderen Tag die Erkundungen und Erzählungen stattfinden konnten. Zwei Wochen weg von zu Hause, da hat sich nicht viel im Ort verändert. Es waren noch Ferien und viele der Kinder waren mit ihren Eltern noch unterwegs. Marie und ihr Kitten waren schon wieder zurück. Und heute, am neuen Tag, musste es ja Schnuff vorgestellt werden. Marie hielt Schnurri auf dem Arm und Tim legte seine Hand um die Schnauze von Schnuff. Das gefiel dem aber gar nicht und schon gab es eine Rangelei. Tim und Schnuff balgten sich, Schnurri schaute von oben herab zu. Nach einer Weile hatte Schnuff keine Lust mehr und wollte sich trollen. Aber nein, hiergeblieben. Das musste jetzt sein. Marie hielt das Kitten an Schnuffs Nase und sagte: Das ist Schnrriburri unser, also auch deiner, neuer Hausmitbewohner. Schnuff schnupperte halbherzig, so, als ging ihn das nichts an. Schnurri gähnte, so, als ging ihm das nichts an. Die Begrüßung der beiden war ohne großes Aufsehen vonstattengegangen. Gut so. Der erste Schritt war getan, weitere werden noch folgen. Und das ging dann so. Marie und das Kitten gingen raus in den Garten zum Spielen. Spielstunde. Ja, so ein Kätzchen braucht viel Aufmerksamkeit. Bei schönem Wetter und in den Ferien ging das auch ganz gut. Marie nutzte es aus. Schnurri konnte sich so an seine nähere Umgebung gewöhnen. Und es gab viel zu untersuchen. Marie ließ den Schnurri laufen, tun und machen. Sie griff nur ein, wenn es gefährlich werden könnte. So wie es eben auch eine Katzenmutter mit ihren Jungen tun würde. Dabei lernte Marie, so als Nebeneffekt, klar und deutlich zu sprechen. Zwar langsam, aber deutlich. Schnurri musste ja verstehen. Da rief ihre Mama Maries Namen. Kommst du mal bitte, hier will dich jemand sprechen. Die Mama gab Marie den Telefonhörer. Es war Max. Er wollte sich nach Schnurri erkundigen. Ob er denn schon da sein und ob alles gut gegangen ist und ob er sie mal besuchen dürfte. Max war auch nur ein paar Tage bei seiner Oma im Schwarzwald zu Besuch. Und nun langweilte es ihn. Und dann ein Gekläffe, ein Gemaunze, ja was ist den los. Marie lies den Hörer fallen und rannte in den Garten. Da stand Schnuff über Schnurri und knurrte ihn an. Schnurri lag auf dem Rücken und zitterte am ganzen Leib. Marie hob ihn auf und sagte zum Schnuff: Spinnst denn du, das ist doch kein Einbrecher. Das ist Schnurri unser Hauskater. Blöder Schnuff, geh in dein Zimmer. Tat er aber nicht. Ein Grollen aus der Tiefe seines Schlundes beendete den Konflikt vorübergehend. Er trollte sich. Marie rief Tim. Kannst du nicht besser auf den Hund aufpassen? Er hätte fast Schnurri verspeist. Ach Quatsch, antwortete Tim, der tut doch keiner Fliege was. Doch, er hat ihn fast gefressen. Tim lachte. So einen Hunger hat der doch gar nicht. Marie ging zum Telefonhörer, den sie fallen gelassen hatte. Max war nicht mehr dran. Sie legte auf. Es klingelte. Marie öffnete, Max stand vor der Tür. Hallo, sagte Marie sichtlich verdutzt. Max lachte und sagte: Du hast so schnell das Telefon weggelegt und ich habe den Hund gehört und dachte, schau mal nach. Marie: Ja, alles in Ordnung. Komm rein. Das Kitten ist da. Marie führte Max in den Garten. Schnuff schnuffelte an Max und gab sein i.O.
Marie holte Schnurri aus dem Körbchen und gab ihn Max. Schnuff verfolgte das sehr genau. Max streichelte den Schnurri und sah bewundernd zu Marie hinüber. Und Marie sprach klar und deutlich. So erzählte Marie von ihrem Ausflug mit ihrer Mutter.

Sie erzählte von Selcuk und wie es dort war. Die Menschen verstand man nicht, sie sprachen Türkisch. Aber die beiden Schwestern konnten ein wenig Deutsch. Sie übersetzten, wo nötig. Marie lernte viel über Angorakatzen und das besprach sie jetzt mit Max. Geduldig hörte er zu, frug nach und zeigte für all das Verständnis. Schnurri bekam dann ihr Essen und Marie brachte ihn ins Körbchen zum Schlafen. Schnurri brauchte noch den Schlaf, denn er war im Wachsen. Ausgewachsen ist er im Alter von ca. zwei Jahren. Diese Art von Katzen können bis zu 18 Jahre alt werden. Sibirienhuskys können 12 bis 15 Jahre alt werden. Schnuff war ja schon acht, ein Sibirienhusky. Also musste er noch eine Weile mit Schnurriburri auskommen. So ging der erste Tag mit Schnurriburri zu Ende. Max durfte von jetzt an Marie jeden Tag besuchen. Marie konnte mit ihm den Lehrstoff aufarbeiten. Max war gut in der Schule. Fast nur Einsen im Zeugnis. Und er war auch sehr freundlich und hilfsbereit. Mit Tim verstand er sich auch ganz gut und von Schnuff wurde er auch tolleriert. So wurde Max mit der Zeit schon ein Teil der Familie. Max hatte keinen Vater. Der war früh verstorben. So hatte er einen besonderen Draht zu Maries Vater. Und der hatte nichts dagegen. Aber das ist eine andere Geschichte. 528468,766335,038799,472-071-669

Gut zu Wissen:

Die türkische Angorakatze ist nicht nur in der Türkei, sondern auch in Europa und Amerika eine der beliebtesten und häufigsten Katzenrassen. Sie haben schöne, weiße, weiche Haare, die das attraktivste Merkmal dieser Katzen sind. In Europa ist diese Rasse als Angora Cat bekannt. Der Name stammt von der Herkunft der Rasse: Ankara. Angora ist ein alter Name für die Hauptstadt der Türkei ...
Die Katze ist ca. 56 bis 65 Tage trächtig. Sobald das Tageslicht ca. 12 Stunden scheint, beginnt die Katze rollig (empfängnisbereit) zu werden.
In der Geschichte wurde Pamuki im Februar trächtig. Pamuk ist türkisch und heißt Baumwolle. Anfang Mai kamen die Jungen zur Welt.
Nicht zu verwechseln mit der Perserkatze. Die hat einen eigenen Stammbaum und ist mit der russischen langhaarigen Hauskatze genetisch verbandelt.

Katzensprüche:

Wenn sich eine Katze wohlfühlt, kann sie ein unbeschreibliches Geräusch in ihrer Kehle rollen lassen. Es ist eines der schönsten Geräusche der Welt und man nennt es Schnurren.

Elke Heidenreich

oder:

Die Katzen sind Wörter mit Pelz. Wie die Wörter, so streifen sie um die Menschen herum, ohne sich je zähmen zu lassen. Wörter ♥und Katzen gehören zur Rasse der Nicht-Greifbaren.

Erik Orsenna

oder:

Katzen erreichen mühelos, was uns Menschen versagt bleibt: durchs Leben zu gehen, ohne Lärm zu machen.

Ernest Hemingway

Ein Selbstporträt

Unstet und flüchtig sollst du sein - Fluch oder Segen

Es ist überaus spannend, einmal sich selbst zu porträtieren. Berühmte Maler haben sich selbst porträtiert, Schriftsteller, Staatsmänner. Was könnte der Anlass zu solch einer Maßnahme denn sein? Ein Aspekt könnte sein, sich selbst erkennen zu wollen. Ein anderer zentraler Aspekt kann beispielsweise sein der Beruf, ein besonderes Ereignis, ein großer Erfolg, ein wichtiges Ziel, ein Hobby, eine Charaktereigenschaft, ein entscheidender Wendepunkt im Leben, ein Schicksalsschlag oder auch nur eine Metapher. In meinem Fall ist es die so oft zitierte Erkenntnis zu sich selbst.

Am 5. Februar 1952 erblickte ich das Licht der Welt. Um kurz nach zwei Uhr morgens war es so weit. In der Mark Brandenburg. Im Krankenhaus in Rathenow. Zu meiner Geburt wurde meine Mutter vorübergehend freigelassen. Sie war mit ihren zwanzig Jahren bei der Volkspolizei. Ihre Geschwister nahmen darauf aber keine Rücksicht. Die verdienten sich ihr Zubrot mit Schmuggelware. Zigaretten, hauptsächlich Hering und vieles mehr. Bis sie erwischt wurden. Meine Mutter musste dafür büßen und wurde eingesperrt. Zu meiner Geburt, so wie während der ganzen Stillzeit, wurde sie aber freigelassen.

So begann mein Leben mit gestillt werden, Windeln wechseln und mit Flucht. Kurz bevor die Stillzeit um war, schnappte meine Mutter sich den Kinderwagen, packte mich hinein und schob mich zum Bahnhof. Tausend Ängste im Gepäck. Der Zug nach Berlin war voll. Wir passten gerade noch hinein. Dann an der Grenze vom Westteil, Vopos, Kontrollen, ihr Herz pochte, es drohte zu zerspringen, dann bekannte Gesichter der Polizistinnen. Keine Reaktion also geschafft. Bloß wohin? So begann für mich für uns eine Zeit, um Flüchtlingsunterkünfte zu erkunden. Zuerst Berlin, dann Frankfurt, dann Neuburg an der Donau. Wo ging die Odyssee wohl hin? Vater? Fehlanzeige. Der setzte sich rechtzeitig von seiner Verantwortung ab. Schließlich in Soest, Sauerland. Meine Mutter suchte nach Arbeit. Sie fand auch welche als Hausangestellte. In der Zeit lieferte sie mich in einem Kinderheim ab, in Neheim-Hüsten. Ihren künftigen Mann lernte sie dann auch in Soest kennen. Er gehörte zur belgischen Besatzungsmacht. Als er entlassen wurde, ging es noch nicht nach Belgien, sondern in die Nähe von Heilbronn. Doch wollte die Heimleiterin mich nicht weglassen. So kam es zu einer Nacht und Nebelaktion. Meine Mutter holte mich einfach mit dem Taxi, packte mich ein und schon ging es in eine Laubenkolonie, in der sie sich mit ihrem Freund versteckte. Hier erhielten sie dann auch den Besuch der Eltern des Freundes. Die waren auf Deutsche nicht gut zu sprechen. Sie wollten auf keinen Fall eine deutsche Schwiegertochter.

Es war spät gegen Abend, ich hatte schon geschlafen, wachte aber an Geräuschen auf. Die Tür stand offen, ich hatte Durst, ich trank von dem kalten Muckefuck, der in einer Kaffeekanne auf dem Tisch stand. Als ich raus schaute, dämmerte es, und ich sah eine Verfolgungsjagd. Ein älterer Mann mit einem Messer rannte hinter meiner Mutter und ihrem Freund her. Sie liefen Seite an Seite um ihr Leben. War für mich ganz unrealistisch anzuschauen. Ich wusste nicht, was da vor sich ging. Als der Mann merkte, dass er nicht schnell genug war, drehte er ab und ging langsam zu der Frau zurück, die am Wegrand stand. So erzählte meine Mutter mir das später mal. Die Situation habe ich heute noch vor Augen. Alles ging glimpflich vonstatten. Meine

Mutter war schon mutig. Sie hatte vor nichts Angst.

In einem kleinen Ort nahe Sinsheim trafen sich dann die Familienmitglieder wieder. Sie wurden aus der Haft entlassen und mussten zu ihrem Glück Ostdeutschland verlassen. Von den Anlaufstellen für Flüchtlinge, so hieß das damals, wurden sie nach Neuburg an der Donau und dann nach Grombach, bei Heilbronn, verwiesen. Mit Ausnahme meines Opas waren dort dann alle versammelt. Der kam später aber auch dazu. War ja der Rädelsführer und musste länger brummen.

In dem Ort verbrachte ich wissentlich meinen ersten Winter. Ich war drei oder vier Jahre alt. Hier kam ich auch in den Kindergarten, hier hatte ich meine erste Freundin, die Nachbarin. Hier kam auch mein erster Bruder zur Welt. Und dann wollte mein Stiefvater wieder nach Hause. Mittlerweile waren er und meine Mutter verheiratet. Tommy, so hieß er, fuhr nach Belgien, nach Antwerpen, um sich nach Arbeit und Wohnung für uns umzusehen. Und das funktionierte.

So kamen wir zu viert nach Antwerpen. Immerhin hielt der Aufenthalt dort für mich für fast zwei Jahre an. Zwischendurch war noch ein Umzug nach Borgerhout zu absolvieren. Dort wurde ich dann auch eingeschult. In eine Ganztagsschule. Wie schnell ich Flams lernte, verstehe ich noch heute nicht. Also erst Kinderschule und dann erste Klasse Grundschule. Ab und zu hatte ich so die Anwandlung, auf Tour zu gehen. Also kein Kindergarten, keine Schule. So lernte ich Borgerhout recht gut kennen.

Mit meinem Stiefvater und mir lief es aber nicht so gut. Ich weiß nicht mehr, wie oft und warum ich von ihm Prügel bezog. Darüber hinaus nahm er mich an den Wochenenden in seine Heimatstadt Düffel mit. Dort lebten seine Eltern. Die hatten eine Pferdemetzgerei. Hier durfte ich in aller Regel mitarbeiten, das Pferdefleisch verarbeiten. Das lief ganz gut. Oma und Opa hatten nichts an mir auszusetzen. Ich brachte sie auch nicht mit dem damaligen Geschehen in Verbindung. Kurz und gut, die Verhältnisse konnten so nicht bleiben. Prügel, Kinderarbeit und sonstige Dinge veranlassten meine Mutter dazu, ihre Mutter zu bitten, mich zurück nach Deutschland zu nehmen. So geschah das dann auch. Mich frug ja niemand. Die Oma kam und nahm mich mit nach Tamm. Einem kleinen Ort nahe Stuttgart. Zuerst wohnte ich bei meinem Onkel, dann bei der Oma. Ich besuchte dann die Grundschule. Musste aber erst mal wieder Deutsch lernen. Also ein Jahr abwarten.

Hier auf dem Bauhof hatte ich dann erst mal eine längere Bleibe. Da aber alle, außer meiner Tante, sie hatte Tuberkulose, arbeiten mussten, war ich auf mich selbst gestellt. So lernte ich die weitere Umgebung auf eigenen Faust kennen. Lernen, ja was sollte ich lernen. Das, was nötig war. Mehr nicht. Freundschaften konnten sich dadurch nicht groß entwickeln. Auch kam dann schon der nächste Umzug. In die Nachbargemeinde. Ich war gerade in der fünften Klasse. Aber ab da war das Nomadenleben für mich vorerst beendet. Jetzt konnte ich auch mal Sport treiben, Musik machen, lesen, viel lesen. Ab und an hörte ich auch was von meiner Mutter. Ich hatte mittlerweile drei Geschwister. Zwei Brüder, eine Schwester.

Von allen üblen Eigenschaften, die ich besaß, war eine noch für mich am Günstigsten. Ich war ein Hasenfuß. Wenn es bei Streit zu Handgreiflichkeiten kam, verzog ich mich immer ganz schnell. Nein, ich brach von mir aus nie einen Streit vom Zaun. Ja, als Bub musste man ab und zu seine Kräfte mit anderen messen. Und nein, ohne Streit ging das auch.

Dann ging es weiter. Nach meiner Lehre ging ich zur Bundesmarine. Vier Jahre lang in Verpflichtung. Da lernte ich dann die Ostsee und ein wenig auch die Nordsee kennen. Außerdem meine zweite Freundin. Das hielt dann drei Jahre, bevor mich aus der Marine verabschiedete als auch meine Freundin von mir.

Zurück zu Hause suchte ich ein Neues für mich und Arbeit. Beides hat funktioniert. Dann lernte ich meine dritte Freundin kennen. Und mit der hatte ich viel Glück und wir heirateten. Mittlerweile sind wir 47 Jahre zusammen. Drei Kinder sind daraus entstanden. Zwei Jungs und ein Mädchen. Nach diversen Umzügen, ich blieb meiner Leitlinie treu, landeten wir alle auf der Baar. Zuerst die Kinder und wir zogen dann nach. Dank meiner guten Ausbildung hatten wir ein gutes Einkommen. Meine ehemalige Freundin und Verlobte auch. So konnten wir alles bewerkstelligen. Und heute, mit meinen mittlerweile 70 Jahren, lebt meine Tochter mit Ehemann und Kind in Australien. Mein jüngster Sohn, mittlerweile auch schon 43, ist Geschäftsführer einer US-Amerikanischen medizintechnischen Firma. Er ist viel unterwegs. Und der Älteste lebt am Bodensee. Wo wir demnächst hinziehen werden.

Zugegeben, ich währe gern an ein und demselben Ort geblieben. Ich stellte mir das besonders vor. Man hat soziale Netzwerke aufgebaut, man kennt alles und jeden, man ist bekannt. Allein, es sollte nicht sein. Ich tröste mich damit, es war einfach Gottes Wille. So lernte ich viel kennen, habe viel erfahren. Allein schon das Jahr in Spanien, wo ich von Geschäfts wegen hinbeordert wurde, brachte mir neue Einsichten im Umgang mit Menschen. Das Jahr in Düsseldorf, was sich anschloss, war auch sehr lehrreich. Und dann die vielen Gotterleben, die mich vor dem Untergang in dem Weltenmeer bewahrt haben. So könnte ich noch manche Anekdote hinzufügen, aber mag der geneigte Leser sich selber mal betrachten. Er wird feststellen, wie einzigartig er auf diesem Planeten doch ist. Und sich auf das noch freuen kann, was da noch kommen mag. Ich auch. Aber das wäre dann in Kapitel zwei bis zehn zu lesen.

Eine fast fantastische Geschichte

Als Jesus wieder zurück auf die Erde kam

Und da er solches gesagt, ward er aufgehoben zusehends, und eine Wolke nahm ihn auf vor ihren Augen weg. Und als sie ihm nachsahen, wie er gen Himmel fuhr, siehe, da standen bei ihnen zwei Männer in weißen Kleidern, welche auch sagten: Ihr Männer von Galiläa, was stehet ihr und sehet gen Himmel ? Dieser Jesus, welcher von euch ist aufgenommen gen Himmel, wird kommen, wie ihr ihn gesehen habt gen Himmel fahren. (Apostelgeschichte 1, 9 – 11)

Der dritte Weltkrieg

Damals, am 9. Mai 2022, erklärte Russland dem Rest der Welt den Krieg. Die Meinung, diesen Krieg zu gewinnen und die Herrschaft über die Welt für sich in Anspruch zu nehmen, war ein alter Traum der russischen Führungsschichten. Man wähnte sich nun sehr nahe am Ziel. Doch der Krieg zog sich jetzt schon über Jahre hin. Allein Russland vermochte es nicht, den Rest der Welt zu zerbomben. Es fehlte an Waffen, es fehlte an Munition, es gab keinen strukturierten Plan, es fehlte an Soldaten, es fehlten Verbündete, es fehlte an allem. Natürlich, die Atombomben zeigten ihre Wirkungen, aber nicht im erhofften Ausmaß. Sie erfüllten nicht ihre Aufgabe, viel zu wenig explodierten. Viele von ihnen wurden einfach zerstört durch Abwehrraketen. Auch die Hyperschall-Raketen waren ein Reinfall. Zum Glück. Kaum eine erreichte ihr Ziel. Sie flogen darüber hinweg, sie explodierten unterwegs, schlicht und einfach, sie waren alle Schrott.

Kaum ein Ort auf der Welt blieb verschont von den Auswirkungen der sinnlosen Bombardements seitens Russlands, geschweige denn wusste man, wie viele Tote dieser Krieg hervorbringen würde. Wenige starben durch den Kugelhagel, wenige starben an der Auswirkung von den Atombomben. Wenige starben durch einen Bombenhagel, so wie damals im Zweiten Weltkrieg, da starben die meisten Menschen durch Bomben oder Gewehrkugeln. Heuer sterben die meisten an Hunger, an Durst, an Krankheiten, an Misshandlungen. Aufgefressen von der Verzweiflung nahmen sich viele das Leben. Es war ein anderer Krieg als der Zweite Weltkrieg. Es wurden weniger Waffen verwendet. Es wurde mit Raketen geschossen. Die waren schnell und flogen weit und waren sehr treffsicher. Auch wurden viele Gemeinheiten an den Menschen durch die psychologische Kriegsführung begangen. Lügen über Lügen wurden verkündet, irrsinnige Beschuldigungen in die Welt gesetzt. Keinem Wort konnte man glauben. Ja, selbst das eigene Volk wurde drangsaliert. Es wurde niedergeknüppelt, weggesperrt, zu Zwangsarbeit verdonnert. Jedes Land nach seinem Gusto.

Dabei wurden die Politiker stark gefordert. Jemand musste doch bei all den Lügen den Durchblick und die Nerven behalten, in allen Ländern.

Und so schien es, als ob der Krieg je zu Ende gehe und sich die russische Führung in dem Krieg grandios vergaloppiert hatte. Sie hatte sich hoffnungslos überschätzt. Vielleicht noch ein Jahr, vielleicht noch ein Monat? Die Munition war verschossen. Es konnte keine mehr hergestellt wrden. Keiner wußte von alledem. Und dann war alles zu Ende.

Am 09. Mai 2022 passierte aber noch etwas Anderes. Es wurde von kaum jemandem wahrgenommen. Nur wenige Eingeweihte erlebten dieses, was wohl nur in der Bibel manifestiert stand, aber niemand für Ernst bzw. bare Münze genommen hätte. Und doch, es geschah. Wieder aller Vernunft, wieder jeglichen Verstand.

Die als Erstes darauf aufmerksam wurden, waren Mitglieder aus der damaligen neuapostolischen Kirche. Die glaubten an die Wiederkunft Jesu und predigten davon. Zwar taten das auch andere Christen, aber dieses jetzt apokalyptisch anmutende Bild sahen nur die, die es predigten und auch glaubten. Die sahen Jesus zunächst stehend zur Rechten seines Vaters und dann schwebend auf einer Wolke in Richtung Erde kommend. Und immer mehr gesellten sich an seine Seite. Die, die schon lange verstorben und in der Ewigkeit darauf warteten. Ihre Gräber öffneten sich. Und die, die erst jetzt im Krieg verstorben sind, wo immer sie auch lagen. Und dann die große Vereinigung mit denen, die noch auf Erden lebten. Alle, die ihn sahen, alle die, denen es gegeben war, sich zu verwandeln, verwandelten sich wie eine Raupe in einen Schmetterling und stiegen auf zu ihm. Und doch nicht alle, die ihn sahen, konnten zu ihm aufsteigen. Die blieben einfach an ihrem Platz und sahen mit offenen Mündern diesem Schauspiel zu. Ungläubig und ohne zu verstehen, was da geschah. Der Schreck saß ihnen tief in den Gliedern. Es kam gleichsam zu einer Schockstarre.

Und nach dieser Vereinigung entfernten sich alle zusammen mit Jesu langsam in Richtung Himmel. So, wie es in der Apostelgeschichte beschrieben wurde. „Dieser Jesus, welcher von euch ist aufgenommen gen Himmel, wird kommen, wie ihr ihn gesehen habt, gen Himmel fahren." Aber Jesus und die Seinen kamen nicht auf die Erde, sie stiegen alle auf in den Himmel. Und dann war alles vorbei, als wäre nichts gewesen. Auf der Erde fiel das zunächst auch gar nicht groß auf. Alles ging weiter, der Krieg, der normale Alltag, die Menschen sorgten sich um ihr tägliches Einkommen. Und doch der eine oder andere vermisste jemanden. Nämlich seinen Bruder, seine Schwester, seine Frau, seine Kinder. Sie waren weg, ja, sie waren weg. Weg. Was sollte denn noch alles kommen, fragten sich viele. Und ein Raunen ging um die Welt. Und als wenn alle Dämme brächen, so brach nun das absolute Chaos über die Menschheit herein. Es war ein Hauen und Stechen. Viele Gemeinheiten wurden ersonnen und begangen. Eine trostlose Zeit, ein trostloses dahinvegetieren, ohne Hoffnung, ohne Lust und Liebe. Der Mensch beraubt seiner Menschlichkeit. Man konnte meinen, Gott überlies dem Satan alle Macht, dem Menschen schaden zu können. Und Satan nutzte seine Zeit. Nur an der Erde durfte er nicht drehen. Die wurde noch gebraucht.

Jesus zog sich mit allen, die ihm gefolgt waren, zurück. Dieser Ort ließ sich nicht so einfach beschreiben. Es leuchtete ja, es strahlte hell, aber Lampen fehlten. Die Sonne war auch nicht zu sehen. Es war eine absolute Stille. Nichts, aber auch gar nichts, war zu hören. Dafür konnte man sehr viel sehen. Da waren all die Menschen, die Jesus gefolgt waren. Große, Kleine, Dicke, Dünne. Hautfarben aller Couleur. Da waren Tiere wie Löwen, Pferde, Drachen (also gab es sie doch), Adler und auch unbekannte Tiere. Engel waren zu sehen. Man konnte sie an ihren Flügeln erkennen und an ihrem Gesicht sowie Arme und Beine. Und da war ein Meer, ganz Kristallen. Es glänzte. An seinem Rand stand Jesu.

Jesus stand hinter einem Altar. Er hielt die Sonne und den Mond in seinen Händen. Sein Gesicht leuchtete hell. Dieses Leuchten flutete durch den Raum und Zeit. Und dann begann Jesus zu reden. Langsam und deutlich. Jeder konnte ihn hören und verstehen, jeder. Auch der, der ganz hinten anstand. Und das, obwohl kein Mikrofon und keine Lautsprecher zu sehen war. Jesus sprach darüber, was jetzt im Weiteren geschehen solle. Er und alle, die bei ihm waren, sollen nun wieder zurück auf die Erde gehen. Sie sollen den Menschen wieder Mut machen und von dem erzählen, was sie hier gesehen und erlebt haben. Sie sollen die Menschen wieder aufrichten in ihrer Verzweiflung, in ihrer großen Not. Je länger Jesus redete, um so mehr begannen die Anwesenden zu strahlen. Es blieben keine Fragen offen, wie zum Beispiel: wo sollen wir wohnen, was können wir essen und trinken, was sollen wir anziehen und vieles mehr. Jesus hat für alles gesorgt. Und es gab den menschlichen Leib nicht mehr. Ein ganz neues Gefühl. Was man damit wohl alles machen konnte?!

Und zum Schluss begannen die Engel auf ihren Harfen zu spielen und sie sangen dazu. Begleitet wurden sie von Posaunen und Trompeten. Alle kannten das Lied und stimmten mit ein. Der Klang war so rein und so genau, dass es wie eine Gänsehaut bei allen Anwesenden über den Rücken lief. So einen Klang hat noch nie jemand gehört. Großer Gott, wir loben dich". Fantastisch, eben Gänsehautatmosphäre.

Manfred arbeitete im Garten. Sein Vater saß auf der Bank vor dem Haus. Das Haus war notdürftig geflickt. Die Tür stand offen. Vater und Sohn schwiegen. Nicht etwa, weil sie sich nichts zu sagen hätten, nein, sie hätten sich viel zu sagen, aber ihnen hat es die Sprache verschlagen. Bei allem, was in den letzten dreieinhalb Jahren passiert ist. Seit dem 9. Mai 2022. Nichts war, wie es einmal war. Der Krieg war zwar zu Ende. Er dauerte gerade mal dreieinhalb Jahre. Aber es fehlte an allen Ecken und Enden. Und wo war die Mutter, wo war die Frau, wo waren die Enkel, wo waren die Nachbarn. Niemand wusste es. Landauf, landab, niemand wusste überhaupt noch etwas. Wer wollte auch schon noch was wissen. Es war alles so traurig.

Eva kam um die Ecke. Ja, ihr war alles vertraut. Die Straßen, auf der sie lief, die Wege, die Häuser. Da stand die Schule, in der sie und ihre Kinder gingen. Rolf und Sabine hielten sich an ihren Händen. Sie begleiteten ihre Mutter. Nichts war, wie es mal war. Und das stimmte sie so traurig. Manfred schaute auf. Er hatte ein Geräusch gehört. Wie Schritte. Was er dann sah, wollt er nicht glauben. Es schrie aus ihm heraus – Eva!! Rolf und Sabine gingen zu ihrem Opa. Sie umarmten sich, sie küssten sich, sie weinten vor Freude, sich wiedersehen zu dürfen. Und dann auch ihr Vater. Er ist alt geworden. Ihre Oma ist im Krieg geblieben. Sie gingen in das Haus, denn nun mussten tausend Fragen beantwortet werden. Welche Frage zuerst? Das war unwichtig. Manfred und sein Vater haben ihre Sprache wiedergefunden. Eva und die Kinder erzählten von ihrem Erleben im Himmel zusammen mit Jesus. Manfred erzählte von dem Geschehen auf der Erde. Und dann merkte man erst, wie viel Zeit seither verflossen ist. Tatsächlich dreieinhalb Jahre. Und das geschah an diesem denkwürdigen Tag. Tausendmal. Rund um den Globus. Bei dem Einen Morgens, bei den anderen Mittags oder abends. Immer zur gleichen Zeit und doch zu unterschiedlichen Tageszeiten. Und immer und überall war Jesus dabei.

Jesu Wanderung nach Indien mit Stippvisite in den Garten Eden

Ein Anlass

Jesus mit seinen gerade einmal zwanzig Jahren, trug den Gedanken in sich mal hinaus in die Welt zu gehen, um sich dort umzuschauen. Um andere Menschen kennen zulernen. Sein bisheriges Leben brachte ihn nicht gerade an die Grenzen seines Intellekts. Zwar sah er seinen Eltern wissbegierig zu und zu Hause half er der Mutter in allem, was so anfiel. Die Wasserkrüge mussten täglich gefüllt sein, der Garten musste gerichtet werden, am Haus musste immer was ausgebessert werden. Und wenn sein Vater zum Essen kam, wollte der immer unterrichtet sein, was am Vormittag so alles gearbeitet wurde. Brauchte sein Vater ihn, war er zur Stelle. Hier einen Balken umstellen, dort ein Brett am Schrank einfügen, immer gab es was zu tun. Seinen Geschwistern gab er Unterricht in alldem, was er gelernt hatte. Jesus besuchte als Kind die Synagoge in Nazareth. Joseph und seine Brüder arbeiteten in Sepphoris nahe bei Nazareth. Manchmal bekam sein Vater aber auch Aufträge aus Jerusalem, dort an den Palästen oder Villen mitzuarbeiten. Dann nahm er Jesus mit und einen seiner Brüder je nach Auftrag. Die Aufträge wurden immer am Wochenende durch einen Boten vergeben. Nach Jerusalem waren sie schon ein paar Tage unterwegs. Jesus besuchte in der Zeit, in der sein Vater arbeitete, so lange eine der Synagogen. Davon gab es mehrere in Jerusalem. Hier konnte er vor allem Sprachen lernen. Hebräisch, römisch, griechisch, aramäisch. Er war mitten in einem Schmelztiegel aller Kulturen dieser Erde. Hier erfuhr er auch, dass die Welt noch aus anderen Dingen bestand, als er sie kannte. Und nach getaner Arbeit oder zum nächsten Wochenende ging er mit dem Vater wieder nach Hause. Dort konnte er alle immer auf den neuesten Stand bringen.

An einem Freitag, kurz nach Jesu zwanzigsten Geburtstag, kurz bevor sie nach Nazareth aufbrachen, geschah dann dass: Sein Vater und der Bruder gingen nach Betlehem hinunter. Jesus hinterher. Dort angekommen wurden sie von einer Frau begrüßt. Jesus kannte sie nicht. Er sah erst zu Josef, dann zu seinem Onkel. Der fuhr ihn an: Was kuckst du so blöde. Was geht dich an, was ich mache. Du hast ja keine Ahnung, was ein Mann so braucht. Geh, geh nach Hause und lass dich belehren. Deine dumme Mutter wird es dir schon beibringen, was ein Mann braucht. Sein Onkel lachte. Er schlug Jesu ins Gesicht. Damit du mich nicht vergisst. Und erzähl zu Hause nichts, sonst bringe ich dich um. Jesus hielt ihm auch die andere Wange hin und deutete darauf. Los, schlag zu? Dann drehte er sich ohne ein Wort um und lief so schnell er konnte, nach Hause. Josef stand daneben und schaute zu. Er griff nicht ein. Was Jesu gesehen hat, das tat ihm ganz tief im Herzen weh. Sein Onkel und eine Hure. Und sein Vater wusste es. Den ganzen Weg über betete er zu Gott im Himmel, dass es nicht wahr ist, das, was er da erlebt hatte. Er hat sich bestimmt verguckt. Aber es hat wehgetan, das, was er sah. Nicht die Ohrfeige. Und Josef, sein Vater, auch er sah ihn an. Auch er hat ihm gedroht. Niemals darf er was davon sagen, sonst bringe er ihn um. Am anderen Tag nach seiner Ankunft daheim, richtete seine Mutter Maria das Frühstück für ihn. Die Geschwister waren schon bei der Arbeit auf dem Feld. Jesus sah seine Mutter an, die Augen noch dunkler als sonst, nahm er die leise Stimme der Mutter war. Woher auch immer, sie wusste Bescheid. Das war Jesu denn doch zu viel. Er fühlte sich verraten, nutzlos und verkauft. Er packte ein paar Sachen in einen Beutel ein, legte den um seine Schultern und dann begann er die Reise, seine Reise, die er sich schon immer gewünscht hatte.

Die Reise nach Tapriz

Jesus war ein gut geübter Läufer von Kindesbeinen an. Allein die Reisen nach Jerusalem trainierten ihm eine sehr gute Kondition an. Er und sein Vater schafften die Strecke, ca. 195 römische Meilen einfach, in zwei Tagen. Das ist ein Schnitt von 4 römischen Meilen (6,44 km/Std). Eine Schnecke kommt da sicherlich nicht mit. Es sei denn, sie hängt sich ein in der Burka, so lief er los. Seine Schuhe waren dafür gemacht. Hat er von Römern in Jerusalem geschenkt bekommen. Die Soldaten hatten auch solche an. Am Anfang lief er zu schnell. Nur schnell weg hier, es war nicht zum Aushalten. Er kam vorbei an seinen Geschwistern. Die sahen ihn, aber es kamen keine Reaktionen von ihnen. So lief er weiter, immer weiter. Erst als es zu dunkeln begann, hielt er inne. Er hatte Durst und Hunger. Er spürte seine Füße, sie brannten. Aber er lief weiter, immer weiter, bis zu einer Karawane. Die machte sich gerade für die Nachtruhe bereit. Er hatte sie von Weitem erspäht. Jesus befand sich auf einer alten Handelsroute zwischen Jerusalem und Täbris im Norden von Persien. Von dort aus geht die Karawanenstraße in Richtung Delhi in Indien. Es war Mitte Januar und damit auch Regenzeit. Die ging mit heftigen Unwettern einher. Aber bisher hatte Jesus Glück. Er blieb verschont.
  Noch aber war Jesus an seinem ersten Rastplatz. Hier gab es Wasser, die Kamele sogen es nur so in sich hinein. Jesus bekam genug von dem Guss ab und konnte noch was in seinen Wasserschlauch füllen. So ein Kamel schluckt ja was weg und es waren viele. Er fand auch noch einen Brotfladen. Gestärkt suchte er sich ein Nachtlager. Am nächsten Tag ging es weiter. Noch was trinken, etwas essen und schon ging es los.   Sei gegrüßt, oh Herr. Wohin geht es denn? Jesus schaute auf. Wer war das, wer begrüßte ihn? Der Mann war eingehüllt in seiner Burka. Jesus grüßte zurück, so wie es sich schickt, wenn man von einem Fremden angesprochen wird. Sie tauschten sich aus, woher sie kamen und wohin sie wollten. Mit dem Ergebnis, dass sie sich für die weitere Reise nach Täbris nicht zusammenschließen konnten. Jesus wollte schnell weiter und das ging mit einem Kamel halt nicht, dachte Jesus. Das braucht immer wieder Pausen. Schade eigentlich, denn die Route war gespickt mit Dieben, Wegelagerern und Räuber. Man hätte sich gegenseitig schützen können, vielleicht. Und mögliche Abkürzungen kannte Jesus auch nicht. Ja, überhaupt, den Weg kannte er nicht. Aber Jesus zog es vor, allein zu wandern. Trotz des Risikos, überfallen zu werden. Er hatte keine Angst um sein Leben.
Und mögliche Abkürzungen kannte Jesus auch nicht. Ja, überhaupt, den Weg kannte er nicht. Aber Jesus zog es vor, allein zu wandern. Trotz des Risikos, überfallen zu werden. Er hatte keine Angst um sein Leben.
So ging das Tag für Tag. Hier ein Wanderer mit Esel, dort eine Karawane. Und schon war es der zehnte Tag, an dem Jesus unterwegs war. Die Landschaft begann sich zu verändern. Es wurde grüner, farbiger. Es musste ein größerer Fluss in der Nähe sein. Und Berge sah Jesus auch in der Ferne auftauchen. Zum Beispiel den Ararat, schneebedeckt. Heute mal mit blauem Himmel. Ein großes Gebirge. Von dem hieß es, dass die Arche seinerzeit an seinen Gipfel gestoßen ist. Die Geschichte des Noah. Ein Verwandter von Jesus aus grauer Vorzeit. Aber dorthin zog es ihn. Dort soll auch der Garten Eden liegen. Stehen die Engel noch davor? Eher nicht, denn die haben auch noch anderes zu tun. Und der Baum des Lebens war auch längst abgestorben.
Nach drei weiteren Tagen kam Jesus in Tapriz an. Es schien so, als würden ihn Engel geleiten. Alles lief wie am Schnürchen. Jesus ging zur Karawanserei. Dort trafen sich die vielen Karawanen aus allen Richtungen. Hier erfuhr man alles Neue, was in der Welt so alles geschehen war. Das aber interessierte Jesus nicht. Er wollte etwas vom Garten Eden erfahren. Der musste hier irgendwo beginnen, sein Eingang sein. Und

was war das? Der Bekannte von seinem ersten Aufenthalt. Er lud sein Kamel und seinen Esel ab. Wie hat er das geschafft? Eine Abkürzung! Jesus ging hin zu ihm. Freudig begrüßte ihn der Unbekannte. Und er lud Jesu ein zu sich nach Hause. David, so hieß der Unbekannte, wohnte noch bei seinen Eltern. Sein Vater war ein Teppichhändler, seine Mutter half ihm. David war etwas älter als Jesus. Jesus und er verstanden sich von Anfang an. Auch Jesus freute sich, den David zu sehen. Jesus erzählte dem David sein Vorhaben, den Garten Eden zu suchen. Sofort war David einverstanden. Ja, das machen wir. Der Eingang ist ja nicht weit weg. Vielleicht eine Tagesreise. David war schon öfter dort. Als Kind. Davids Eltern bestärkten die beiden in ihrem Vorhaben. Am nächsten Tag sollte es losgehen. Die Sonne schien schon hoch vom Himmel. Ein wärmender Tag stand bevor. Jesus und David gingen los. Davids Eltern winkten ihnen nach. Das Abenteuer konnte beginnen. Wie heißt das doch so schön: ungeheuer, ungeheuer, Abenteuer.

David begab sich auf den Weg in Richtung Jerewan. Beide liefen schnell. Mal war der eine vorne, dann der andere. Bis sie an den Fluss Aras kamen. Er gilt als der biblische Fluss Gihon. Dieser Fluss ging, so heißt es, mitten durch den Garten Eden. Für Jesus ein bewegender Moment. Von hier stammten seine Urahnen. Adam und Eva. Hier wurden sie von Gott erschaffen. Die Ausläufer der Berge gingen bis fast an den Fluss. Und dann konnte man an einer Stelle auch noch rote Lehmerde sehen. Adam übersetzt heißt ja - Rote Erde. Jesus nahm diese Erde in seine Hand und formte mit etwas Spucke einen Brei daraus. (Daraus wurde später vielleicht mal Heilerde). Jesus steckte ein paar Hände davon ein. Hier wurde der erste Mensch von Gott geformt, sagte Jesus zu David. Es war Adam. Gottesmensch. Gott blies ihm dann den Odem ein. Die Lungen füllten sich und Adam begann zu atmen. Und später dann noch einmal die Eva. Ganz still und andächtig verbrachten sie noch ein paar Stunden an diesem Ort, ehe sie sich wieder auf den Heimweg machten. In der Ferne sahen sie schneebedeckt den Ararat. Auch dort gab es einen Vorfahren von Jesus. Den Noah. David war ein guter Zeichner und er zeichnete die besuchten Stellen und den Ararat auf ein großes Blatt von einem Baum. Das schenkte er Jesus.

Eine Nacht mussten sie im Freien übernachten. Erst im Morgengrauen ging es weiter, zurück nach Tapriz. Jesus blieb noch ein Weilchen bei seinem neuen Freund und dessen Familie. Ja, so sind die Perser. Gastfreundlich und herzlich, wie auch die Menschen in Jerusalem sein konnten. Täbris war größer als Jerusalem. Der Basar war ein besonderer Anziehungspunkt. Hier roch es nach allen Gerüchen dieser Welt. Es gab viel zu sehen. Jesus war beeindruckt. Und doch dachte er an seine Mutter. Mit den Eltern von David konnte er über sein Erleben mit Josef reden.

Die redeten aber auf ihn ein: Wie kann man nur so stur und unerzogen sein. Was glaubst denn du, wer du bist. Deine Eltern suchen dich und du läufst davon. Ja, von Gott und seiner Barmherzigkeit reden, aber wenn es darauf ankommt, dann Kopf einziehen, wegducken. Ist das dein Glaube? Gott hilft dort, wo du zu Hause bist und nicht etwa in der Fremde.

Sie gaben ihm den Rat, wieder zurück nach seinem zu Hause zu gehen. Seine Mutter würde ziemlich traurig über sein Fernbleiben sein. War er doch auch ihr ältester Sohn usw., wie man halt versucht, jemanden wieder in den Zustand zu verbringen, wie es vormals war. Geht das denn, kann man sich wieder in etwas zurückbringen, in dem man schon einmal war? Einfach wiederherstellen, wie die Situation damals war? Nein, das geht wohl nicht, denn die Zeit kann nicht zurückgedreht werden. Aber das Herz kann vergeben. Darüber dachte Jesus nach. Jetzt reifte in ihm der Entschluss, predigen zu wollen, als Wanderprediger. Das wäre sein Beruf. Aber dazu gab es von den Gesetzeshütern in Jerusalem bestimmte Vorgaben. Er musste mindesten dreißig Jahre alt sein, er musste Jude sein und er musste studiert haben. Und er musste nachweislich im Ausland gewesen sein. Dann könnte er eine Erlaubnis dafür von den Oberen der Synagogen in Jerusalem bekommen. Und dafür gab es dann sogar ein Handgeld. Ein

Wanderprediger wurde sogar entlohnt. Von Davids Eltern erhielt er eine Bestätigung, bei ihnen gewesen zu sein. Aber erst mal ging es weiter. Nach Delhi.

Von Tapriz nach Delhi

Es war eine lange, beschwerliche Reise. Jesus, als begabter Läufer, der er war, überließ nichts dem Zufall. Und so kam er nach ziemlich 60 Tagen in Delhi an. Unterwegs gab es kaum Zwischenfälle. Vereinzelt lagen verendete Kamele am Wegrand oder auch Tote. Sie wurden überfallen. An einer Stelle lag ein Mann, der von einem anderen versorgt wurde. Jesus verstand nicht, was sie sprachen. Aber er sah, dass der Verletzte auf einen Esel gehoben wurde. So halfen sich die Menschen gegenseitig. Das hat Jesu in Galiläa aber so noch nie erlebt. Überhaupt viel ihm auf, dass vieles, was er unterwegs sah und erlebte, so nicht bei ihm zu Hause zu sehen war. Woran lag das? Es waren doch alles Menschen. Von dem einen abstammend. Es begann ihn zu bedrücken. Und auch darüber machte er sich Gedanken.

In der Karawanserei in Dheli angekommen, konnte sich Jesus ausruhen und sich selber ein Bild zeichnen von den vielen Köstlichkeiten, die hier verkauft oder eingekauft wurden. Es wurde gehandelt. Am Abend saß Jesus bei den Händlern. Er versuchte zu verstehen, was sie besprachen. Und es viel für ihn immer was zu Essen ab. Ab und zu verstand er auch ein Wort. Die Händler aus Tapriz verstand er ganz gut. Sie sprachen aramäisch. Das lernte Jesus von klein an. Einer davon erzählte eine Geschichte.

Es ging um einen Mann, der einen Schatz fand. Gold und Edelsteine, Ringe aus Gold, Armreife aus Silber. Den verbarg er in einen Acker, der ihm nicht gehörte. Schnell verkaufte er seine Habe und erwarb mit dem Geld den Acker. Jetzt gehörte der Schatz ihm selbst. Ein anderer erzählte von einem Kaufmann, der Perlen zu erwerben suchte. Als er eine kostbare Perle fand, ging auch er hin und verkaufte alles, damit er diese eine Perle für sich kaufen konnte. Jesus frug jetzt nicht, ob das ein glücklicher Zufall war, was die beiden da sich erzählten, oder ob sich das tatsächlich durch harte Arbeit so gefügt hatte. Jesus nahm es auf und dachte darüber nach.

Am anderen Tag zog Jesu weiter. Er erkundigte sich, in welche Richtung es an das Meer führte. Er hatte die Hoffnung, von dort aus mit einem Schiff nach Galiläa zurückkehren zu können. Und es bot sich jemand an, ihm den Weg zu zeigen, mit ihm zu gehen, bis zum Hafen. Es war schon noch ein Stück weit zu wandern. Jesus war froh, jemanden neben sich zu haben. Fariha, so hieß sein neuer Gefährte. Übersetzt heißt das Glück. Und das Glück war immer auf Jesus Seite.

Von Delhi nach Karachi

Fariha und Jesus unterhielten sich, so gut es bei dieser Geschwindigkeit auch möglich war. Fariha war schon viel herumgekommen mit seinen 30 Jahren. Und er war auch ein guter Läufer. Und er konnte Aramäisch. So verging die Zeit bis Karachi wie im Flug. Es war eine weitere Handelsroute, die an das Meer führte. Zu Essen gab es das, was auf den Bäumen hing oder auf dem Feld stand. Wasser gab es im Überfluss. An einer Stelle kamen sie an einem großen Baum vorbei. Da war ein Geschrei, ein Lärm, kaum zum Aushalten in und vor dem Baum. Es waren Vögel, die darauf nisteten. Und die versuchten mit ihrem Geschrei die Feinde abzuhalten, ihre Brut zu verspeisen. An einer anderen Stelle stand ein Feld voll mit Weizen. Und darinnen viel Unkraut. Zu allem hatte Fariha etwas zu sagen. Die Vögel säten nicht, aber sie ernteten trotzdem. Das Unkraut im Weizenfeld tat dem Weizen nichts. Es wurde am Ende verbrannt. In Karachi suchten sie dann ein Schiff, das nach Galiläa fuhr. Eines, das noch einen Arbeiter brauchen konnte. Das fand Fariha auch. Mit dem Schiffsführer wurden sie bald einig. Sie halfen es noch zu beladen, bis dann der Abschied kam. Jesus bedankte sich herzlich bei Fahriha für seine Begleitung.

Der aber sprach jetzt auf Jesus ein. Du Jesus, was bildest du dir eigentlich ein. Da begleite ich dich die ganze Strecke, ohne auch nur das Geringste zu verlangen. Allein dir fällt nichts Besseres ein, als dich zu bedanken? Für was denn? Dein Vater im Himmel, wie du ihn nennst, hat schon längstens vorgesorgt und das Schiff wartet schon tagelang hier. Hier, zum Zeichen meiner Gewogenheit, nimm hier das Säckchen mit. Es ist Narde. Eine kostbare Heilpflanze vom Himalaja. Sie wächst in großer Höhe. Nimm sie deiner Mutter oder wenn du jemanden liebst mit. Sie werden froh sein, dich wiederzuhaben.

Am anderen Tag legte das Schiff auch schon ab. Es ging zurück in die Heimat. Jesus freute sich schon darauf, die Seinen alle wiederzusehen. Und er hatte viel zu erzählen.

Virgen Blanca, das Fest der Jungfrau

Eric saß in seinem Stammlokal zum Abendessen. Heute wollte er Pizza essen. Hier ist sie am besten. Dazu einen Tinto, vielleicht auch zwei. Mal sehen. Hinter Eric saßen zwei Typen. Der Eine schlürfte Spaghetti, der Andere, Moment mal, schlürfte Schnecken. Nichts Besonderes also. Und morgen ist der 4. August. Der Beginn des Festes von la Virgin Blanca, das Fest der Jungfrau. Jedes Jahr wird dieses Fest hier in Vitoria gefeiert. Vier Tage lang. Der Tag beginnt mit Celedón, das ist eine symbolische Figur für die Dorfbewohner von Alava im Baskenland. Er trägt eine Berett (das ist eine Baskenmütze) und eine traditionelle Bluse und immer einen Regenschirm. Das Fest der la Virgen Blanca findet seit 1884 jedes Jahr in Vitoria-Gasteiz und anderen baskischen Städten statt. Es dauert mehrere Tage. Alles beginnt mit dem Abstieg Celedón's von der Spitze der Kirche von San Miguel zu einem Balkon auf dem Platz unterhalb an der entgegengesetzten Seite. So gegen abends um 6 Uhr. Das wird gefeiert mit Sekt. Jeder der Menschen bringt eine Flasche mit. Am nächsten Tag ist alles aufgeräumt, die städtische Müllabfuhr hat alles beseitigt. Jetzt kann Virgen Blanca gefeiert werden. Der dritte Tag ist für die Kinder, also ist es ein tolles Familienevent. Der vierte Tag ist auf die Veteranen der Stadt konzentriert. Schließlich, am Morgen des letzten Tages, geht Celedón zurück in seinen Turm San Miguel in der gleichen Weise, wie er kam zu Beginn des Festes. Das bedeutet, dass die Feier in der Stadt vorbei ist.
Zurück zu Eric und seinen Nachbarn. Die Beiden kamen Eric nicht ganz geheuer vor. Er hörte sie auf Baskisch miteinander Reden. Im gedämpften Ton. Verstehen konnte man sie eh nicht, es schlürfte und schmatzte durchs Lokal, man könnte meinen, man sei in einem Saustall gelandet. Doch dann, Eric verstand ein Wort, noch ein Wort und noch ein Wort. Was hörte er da? Das klang nach einer Abmachung, eine Abmachung zu einem Raubzug. Und das am Fest der Jungfrau. Na, die steigt nicht vom Kirchturm runter, um das zu verhindern. Und dem Celedón wird es auch egal sein. Es waren nur ein paar Wortfetzen auf Spanisch. Hay Una bolsa detrás de la valla in calle Paduleta. Tenemos que ir a buscarlo in la oscuridad. Con un Transportader, es difícil. Das heißt zu deutsch in etwa: Da liegt ein Beutel hinter dem Zaun an der Straße Paduleta. Den müssen wir holen in der Dunkelheit. Mit einem Transporter, denn er ist schwer. Eric nutzte einen Augenblick, in dem er nicht beobachtet wurde. Mit dem Handy fotografierte er die Ganoven. Was er gehört hatte, schrieb er dem Sicherheitsdienst der Firma, um die es da wohl ging und das Foto der Beiden.
Na, die Gesichter würde er gerne sehen. Eric arbeitete seit ein paar Monaten in dieser Firma. Er war spezialisiert auf die Elektronik. Daher kannte er etliche der Leute aus der Fabrik. Leider war sein Freund nicht bei dem Fest anwesend, er war an dem Wochenende in seiner Heimat. Nach dem Essen ging Eric noch hinunter auf den Placa de nationale. Hier trafen sich alle Menschen aus Vitoria. Heute war der Platz sehr belebt. Es wurden Buden aufgebaut, es wurden Töne von Instrumenten abgenommen, es wurde das Schlagzeug gestimmt. Ein riesen Spektakel. Ein paar Schritte weiter spielte eine Gruppe   baskische Musik. Und schon tanzten die Leute dazu. Das war überall in Spanien so. Spielte einer Musik, schon stellten sich die Leute im Kreis auf und es wurde getanzt. Es wurde immer Volksmusik der Basken gespielt. Auf die waren sie stolz. Und wenn man vorbeikam, wurde man untergehakt und schon tanzte man mit. So wurde der Kreis immer größer. Und dann sah Eric die Lena. Eine junge Frau aus der Ukraine. Sie lebte aber schon lange in Vitoria. Mit ihren Eltern. Sie konnte sogar Baskisch. Hatte es nebenher gelernt. Sie arbeitete in einer Nachbarabteilung von Eric. So kannten sie sich vom Sehen her. Eric winkte ihr und schon hakte sie sich bei ihm ein und sie tanzten in der Runde. Für diesen Abend blieben beisammen und streiften in der Stadt umher. Für den nächsten Tag verabredeten sie sich wieder. Lange nach

Sonnenuntergang ging Eric heim in seine Wohnung. Das war aber auch ein ereignisreicher Tag gewesen. So schlief er ein.

Gleich am anderen Tag rief er beim Sicherheitsdienst seiner Firma an, um sich nach den Ganoven zu erkundigen. Und tatsächlich wurden zwei beim Stehlen von Fahrzeugteilen erwischt. Sie kamen noch am selben Abend in Haft. Und sie gestanden auch ihre Hintermänner. Diese Aktionen der Beiden gingen schon über ein Jahr und keiner hat was gemerkt. Es gab schon Defizite in der Buchhaltung. Die ließen sich allerdings alle erklären. Jetzt nicht mehr. Denn einer der Rädelsführer kam aus dieser Abteilung. Eric hat so ganz nebenbei eine Diebes- und Helerbande zur Strecke gebracht. Den Deal für diese Nacht wollten sie unter den Deckmantel der Fiesta durchziehen. Alle kümmerten sich um das Fest, keiner dachte an so etwas. Aber Fehlanzeige. Der Schaden belief sich nun doch auf etliche hunderttausend Euro. Eric erhielt dafür eine besondere Anerkennung. Ein Wochenende für zwei Personen in Barcelona. Na ja, immerhin.

Es ging zum Treffen mit Lena in der Innenstadt. Es war Nachmittag und viele Leute standen schon bereit für den Augenblick, wenn der Celedón seine Kammer verlassen sollte. Man erwartete ihn so gegen 18 Uhr. Das war noch eine Weile hin. Die Zeit bis dahin vertrieb man sich mit tanzen, wenn es noch ging, mit Sekt trinken, jeder hatte eine Flasche oder mehr dabei, oder mit Small Talk. Eric und Lena holten sich noch ein paar Tapas, das sind kleine Snacks. Gibt es in jeder Taberna bis zum Abwinken. Schinken auf Brötchen usw. Der Augenblick rückte näher und Lena und Eric fanden sich schon beim Knutschen wieder. Na, das konnte ja lustig werden. Nur nicht, wie letztes Mal.

Da kam es zwar nicht zum Knutschen, weil der Bruder der   Angebeteten das Lokal betrat. Mit seinen Helfern. Er ging direkt auf Eric zu, dem rutschte das Herz in die Hose. Was tun? Nichts, ganz cool bleiben. Eric bot dem Mann ein Glas Bier an. Der sprach irgendwas auf Baskisch, dann auf Spanisch, dann nichts mehr. Er trank einfach das Bier aus. Dann noch eins und noch eins. Und dann verschwand er wieder. Eric konnte durchatmen. So sollte es heute nicht werden. Lena hatte keinen Bruder, zum Glück. Dann der Aufschrei, ein Jubel, der anschwoll zu einem frenetischen Gebrüll. Es begann. Sektkorken knallten, saludo, immer wieder saludo, prost. Immer wieder wurde dem Celedón zugeprostet. Bis er unten war auf dem Balkon. Dem gehörte einem Mitarbeiter von Eric. Einem Mann stammend aus Argentinien. Lebte aber schon lange in Spanien. Überhaupt waren einige Argentinier auch in der Firma bei Eric beschäftigt. Allerdings verstanden sich Spanier und Argentinier nicht sonderlich. Da kam es schon mal zu Auseinandersetzungen. War erst kürzlich geschehen.

Die Argentinier waren am letzten Wochenende unterwegs auf Kneipentour. In einer der Kneipen spielte eine argentinische Band. Das lud zum Bleiben ein, was verhängnisvoll werden sollte. Es kamen auch spanische Gäste, lauter Halbstarke. Und so gab ein Wort das Andere. Und am späten Abend passierte es dann. Spanien gegen Argentinien. Kein Fußball, nein, Haudrauf war das Thema dieser Stunde. Schließlich fand sich die Polizei ein, um die Kampfhähne auseinanderzubringen. Das Lokal hatte schon keine Möbel mehr, es war Kleinholz, verletzte auf beiden Seiten, ein Notarzt war auch vor Ort. Die Kampfhähne kamen hinter Schloss und Riegel, damit sie sich etwas abkühlen konnten. Zum Wochenbeginn kamen dann die zwei Kollegen von Eric wieder zur Arbeit. Man sah ihnen nichts an. Irgendjemand musste für sie noch bürgen, denn sonst würden sie abgeschoben in ihre Heimat. Und den Schaden musste auch jemand begleichen. Wurde alles geregelt, die Heißsporne konnten unter Auflagen bis zum Ende des Vertrags bleiben. Das Fest schloss auch den Vorfall mit ein. Bedeckt unter dem Mäntelchen der Nächstenliebe.

Und wieder zurück zu Eric und Lena. Die genossen die Fiesta in Vitoria. Sie besuchten so manches Event, unter anderem auch die Stierjagd durch die Stadt ins Stadion oder das Sackhüpfen auf dem Placa de Centrale, oder auch sehr beliebt, der Schuhweitwurf. Und überall Musik, Gesang, Spiele. Und am Ende ein grandioses Feuerwerk. Da endet alles, alles, was erlebt oder auch nicht erlebt wurde, in diesen wenigen Tagen. Auch die kleine Romanze endete nach dem Feuerwerk. Jeder ging seines Weges. Der Eine erfolgreich, der Andere nicht so sehr. Vielleicht wurde eine kleine Träne verdrückt. Auch drückte man das eine oder andere Auge zu, bei dem, was so alles passierte unter dem Deckmantel der Virgen Blanca, das Fest der Jungfrau.

Gedichte

Am Rosenbusche

Am Rosenbusche, da trafen sich drei Gedanken,
der lila Iris trafen sie damit mitten in ihr Herz,
daneben, da standen drei Tanten,
die schauten ihren losen, losen Gedanken hinterher.

Der Neue

Mein neuer Freund, der hieß Achmad,
der liebte heiß und innig seine Freundin die Lachmad
bis der Mann von der Lachmad setzte den
armen Achmad ganz schnell mal schachmatt.

Parodie auf Witwe Nolte

Na! Das wird ein Spektakel geben,
denn Frau Bolte kommt soeben.
Angewurzelt stand sie da,
als sie nach der Pfanne sah.

Ja wo sind sie denn geblieben,
die Hühner, waren es nicht sieben?
Ach, das waren Moritz und sein Maxe,
die hatten Hunger auf so eine Haxe.
Wie schön von ihnen, jetzt brauch ich sie nicht zu vernaschen,
mein Kraut reicht mir aus, vielleicht auch nur, um mich zu verarschen.
So ein Huhn macht doch nur dumm,
und so ganz ohne Basilikum
schmeckt es eh nicht,
denn das wäre die Pflicht.
Sollen sie dran ersticken
und ich geh mir jetzt was stricken.

Der Rhein

An der Quelle

Entsprungen bist Du in einem kleinen, engen Land,
in deren Quellen Du Deine üppigen Speisen fandst.
Das hat Dich so dynamisch und agil gemacht,
dass Du über jede Herausforderung erhaben gelacht.
Die Herausforderung war, auf diesen so langen Weg zu fließen,
bis in die großen weiten Ebenen mit den vielen Wiesen.
Zuerst aber wurdest Du zum Alpenrhein ernannt,
denn Du warst den Anrainern, mit Deiner Labsal, gut bekannt.
Du hast geholfen, ihr Gut und Habe, zu fahren in die weite Welt,
was die Menschen Dir aber nicht hatten in Rechnung gestellt.
Einengen wollten sie Dich, begradigen wollten sie Dich.
Sie hatten sich etwas vorgenommen, was Dir ging gegen den Strich.
Du hast getobt ob der Frechheit, Dich einzuengen in Deinem Bett.
Alles zerstörtest Du, was Dir sich in den Weg gestellt, komplett.
Menschen wurden geboren und Du wuschst sie ab, mit Deinem Wasser
Menschen wurden gestorben und Du wuschst sie ab mit Deinem Wasser.
Und nichts, aber auch gar nichts hat Dich gekümmert,
alles hast Du gelassen hinter Dir, alles zertrümmert.
Und dann hast Du Dich in den großen See ergossen,
und dabei hast Du nicht mal Flossen.

Der Hochrhein

Als Hochrhein hast Du den See verlassen auf der Suche nach mehr Weite.
Der Lauf war Dir auch zu eng und wild fuhrst Du dahin und nicht zu leise,
sprangst Du von den Felsen in die Tiefe mit all Deiner Macht.
Und wieder und wieder hast Du nur gelacht.
Wunderbar war es anzuschauen, was Du da getan, gab es doch den Menschen Mut, es
Dir gleich zu tun, das war der Plan. Es war ein Verhängnis zu glauben sein zu können,
so wie Du.
Sie hatten nicht Deine Natur, für den Mensch war das Tabu,
aus seiner Haut zu fahren, wenn er auch gerne mal wollte.
Sie, die Haut, wurde zerschlagen und der Himmel, er grollte.
Grenzen, die gab und gibt es nicht für Dich. Ohne Dich zu kümmern, zogst Du weiter,
immer weiter und niemand konnte Dich hindern.

Der Oberrhein

Als Oberrhein begannen nun Deine Wogen sich zu glätten.
Menschen, Tieren, den Pflanzen gabst Du das Leben ohne ihr Bitten.
Allein der Mensch, der konnte es nicht leiden.
Immer schneller solltest Du sein Gut und Habe hinaufleiten.
Darum brauchten sie Dich gerade, nicht so krumm und buckelig daherkommend.
Stufe um Stufe bauten sie Dir ein in Dein Bett und haben so Dich eingenommen.
Nicht bedacht haben sie Deine Unbeugsamkeit, und die tat dann wehe.
Denn ehe sie sich versahen kamst Du auf das Land, auf ihre Höhe.

Du hast Dich aufgebäumt, wie es sonst niemand tun könnte.
Und Deine Gewalt spülte alles Selbstgefällige hinunter in den Schlund der Hölle.
Das verstand der Mensch und gab Dir Dein altes Bett zurück.
So ist das, der Mensch versteht erst, wenn der Tod ihn in sich verzückt.

Der Mittelrhein

Als Mittelrhein hast Du Dich im Herzen Europas entwickelt,
mal warst Du Grenze, mal die Brücke von Kulturen und gespiegelt
in Deinem Antlitz die Geschichte des Abendlandes.
Kultureller Reichtum und natürliche Schönheit als Vorhandenes
haben Dich zum Inbegriff der Rheinromantik gemacht.
Du bist vorbeigezogen und hast wieder und wieder gelacht.
Einhergehend mit den romantischen Auswüchsen einer jeden Zeit,
verbergen sich noch irgendwo hier goldene Schätze und sind bereit. Schon früh haben
Menschen hier in Deinem Bette Gold gefunden, welches von den umliegenden Bergen
herunter getragen wurden.
Den Schatz aber hat noch niemand gesehen, Dein Geheimnis für alle Zeit.
Denn der Mensch wurde aus dem Paradies geworfen und es kam das Leid.

Der Niederrhein

Und nun, als Niederrhein, fast unbeweglich, strebst Du Deiner Bestimmung entgegen,
nämlich das große weite Meer mit Deiner Majestät zu erfüllen, zu bewegen.
Ganz ruhig, ganz demütig gleitest Du dahin, hängst Dich ein in den Arm der Maas,
um Tausenden Vögeln ein Zuhause zu geben, das ist doch schon was.
Derweil die Menschen an Deinen Ufern sich bewegen in bunter Narretei.
Du siehst nicht hinüber zu all dem unsittlichen Treiben, denn Dir ist das einerlei.
Werden sie Dich vermissen? Wohl kaum, denn Du bist und bleibst der große alte
Rhein, von damals und einst und heute noch und wirst vielleicht ewig sein.

Viele Helfende Hände

Während meiner Eisenanämie glitt mir mein Leben langsam aus den Händen. Täglich nahm ich mir vor, etwas zu tun, zu erledigen. Wenn der Tag dann rum war und ich Bilanz zog, gab es nichts, was ich hätte vorweisen können. Ja, einkaufen in dem Markt gegenüber ging noch. Essen zubereiten, ging noch. Aber aufräumen, saugen, putzen, nichts mehr. Ganz zu schweigen von Gartenarbeiten. Rasenmähen, Hecken schneiden usw., nichts ging mehr. Jeglicher Antrieb als auch Trieb gingen mir verloren. Bis ich Hermann kennenlernte. Hermann hatte in der Nähe einen Garten gepachtet. Und wenn ihm langweilig wurde, kam er die alten Bekanntschaften besuchen. Vor allem Kathi. Stammend aus Rumänien, wie er auch. Die Rumänen kamen aus ihrem Land zu uns in der Hoffnung auf ein besseres Leben. Sie waren alle fleißig und halfen sich gegenseitig, so gut es eben ging. Sie verbreiteten sich in ganz Deutschland, sodass daraus eine sogenannte Diaspora (religiöse Minderheit) entstand. Heinrich war jetzt schon in Rente. Er hatte sich ein Häuschen mitten im gekauft. Viele der Rumänen waren bestrebt, ein Haus ihr eigen zu nennen. Und so galt jemand bei den Rumänen erst als etwas, wenn er sein eigenes Häuschen vorweisen konnte. Ich konnte nicht. Ich wohnte in dem Haus zur Miete. Aber mein Vermieter und seine Mutter waren bekannt. Und die waren auch Rumänen. So musste natürlich alles in Schuss sein, was mit Haus und Garten zu tun hatte. Allein, ich konnte nicht. Am Wollen hat es ja nie gemangelt. Aber was wollte man im Leben schon alles Tun und davon ist nichts geblieben, vielleicht Frust, viel Frust. Mittlerweile schüttelte Hermann den Zwetschgenbaum bei der Kathi. Und es Bratzelte in diesem Jahr wieder fast so unheimlich wie im letzten Jahr. So viel Frucht war da am Baum gereift. Ich schaute dem Treiben zu, bis Hermann seine Pause brauchte. Wir kamen dann ins Gespräch. Zusammen mit Kathi. Kathi war alleine. Ihr Mann starb ganz plötzlich. Hatte verschleimte Bronchien. Nun musste Kathi selbst nach allem schauen. Aber das war sie von klein an gewohnt. Damals, zu Hause, musste sie überall mit anpacken. So kletterte Sie auch allein auf die, an dem Baum gelehnte, Leiter. Kathi, rief ich ihr zu, spinnst Du. Wenn du runterfällst, brichst du dir alle Gräten. Das mit ihren achtzig Jahren. Sie wischte es weg und lachte. Also Hermann, kannst Du mir helfen? Pro Stunde zehn Euro, wenn Du mir im Garten hilfst. Handschlag und einverstanden, jawoll (slang). Und so machten wir es. Heinrich schüttelte die Bäume in meinem Garten und die Bäume in Nachbars Garten. Und nach dem Schütteln das Schneiden der Bäume, der Hecken. Kathi hatte auch einen Birnbaum. Der wurde zum Schluss geschüttelt, ja geschlagen. Wenn dann alle vor dem Baum standen und Heinrich, der Schreckliche, so taufte ich ihn, so richtig den Baum schüttelte und auf den Baum einschlug, ja eindrosch, dann sprach ich solange das Gedicht von Theodor Fontane also kein Gebet:

Herr von Ribbeck auf Ribbeck im Havelland,
Ein Birnbaum in seinem Garten stand,
Und kam die goldene Herbsteszeit
Und die Birnen leuchteten weit und breit,
Da stopfte, wenn's Mittag vom Turme scholl,
Der von Ribbeck sich beide Taschen voll,
Und kam in Pantinen ein Junge daher,
So rief er: »Junge, wiste ,ne Beer?«
Und kam ein Mädel, so rief er: »Lütt Dirn,
Kumm man röwer, ick hebb ,ne Birn.«

Kathi kannte es nicht, Heinrich auch nicht, aber Wolfgang, der Lehrer, er kannte es. Ich stamme ja aus dem Havelland und meine Großmutter hatte diesen Band, den ich schon früh zu lesen begann. Noch in Sütterlin geschrieben war der. Hatten wir damals auch noch gelernt. Dann war auch die Enkelin von der Kathi da. Und der Freund der Enkelin. Und ihre Eltern. Alle haben sich um den Birnbaum versammelt. Wie heißt es doch so schön im Schwäbischen? Viele guck, einer schaff. Der Schaffer, das war der Heinrich. Die Sara, die Enkelin, war schon um die Zwanzig. Halt noch ein junges Ding eben. Und sie hatte immer vor irgendwas Angst. Als wir so vor dem Birnbaum standen, nach meinem Gedicht, sagte ich zu ihr, nicht so nahe am Baum stehen, wegen Zecken. Du brauchst einen Hut. Schreiend rannte sie in das Haus ihrer Oma. Ob sie sich nach Zecken abgesucht hat oder ihr Freund, blieb dann deren Geheimnis. Künftig jedenfalls trug sie einen Hut. Und die Birnen wurden dann von Allen aufgelesen. Ein Teil bekam Hermann, den Anderen Teil behielt Kathi. Sie machte Kompott. Hermann, der Schreckliche, brauchte sie für seinen Schnaps. Der Schreckliche deshalb, weil er so ein lautes Organ hatte und weil er den Birnbaum so schlug. Das sah man im nächsten Jahr. Keine bis wenig Birnen. Man sah ihn nicht, aber man hörte ihn. Und wenn man neben ihm stand, musste man die Ohren zuhalten. Manchmal.
Am anderen Tag kam Hermann zur Lagebesprechung, was es denn zu tun gäbe im Garten. Also Begehung und Besichtigung. Beide Kirschbäume ausschneiden, vom Pflaumenbaum die Krone richten, von der Marille ein paar Äste stutzen, den Apfelbaum abstützen und ausschneiden. Ja, und die Hecken, die sahen aus. Doch, man musste sie schneiden. Also jeden Tag Arbeit für Heinrich. Immer von neun bis zwölf. Dann musste er heim zum Essen. Anschließend in seinen Garten.
Im hinteren Teil meines Gartens stand eine Sauerkirsche. Ein beliebter Standort der Amseln. Und die pfiffen von morgens bis abends. Von wegen nur morgens und nur abends. Das ging von bis. Das Interessante daran war, man konnte sie auch noch verstehen. Es waren halt deutsche Amseln. Das ging dann so: Wo ist ne Party, wo ist ne Party, wo ist ne Party. Bis eine gefunden wurde. Dann schallte es: Bei Hella ist ne Party, bei Hella ist ne Party, und wurde es im wieder ruhiger. Bis zur nächsten Suche. Die nächste Party. Amseln sind nur am Feiern. Eben Partyamseln. Eine Party jagt die Nächste. Kein Wunder, das die Zahl der Amseln abnimmt. Sie wurden alle gefressen. Elstern lieben Amseln. Und wenn Amseln feiern, achten sie nicht sonderlich auf Elstern. Die haben dann leichtes Spiel. Habe ich selbst beobachtet. Bin Hobbyornithologe.
Der Schreckliche kam, ich hörte ihn. Ich machte im Keller die Türe nach draußen auf. Er kam schon die Staffeln runter. Alles, was er brauchte, hatte er dabei. Außer Strom. Den musste ich ihm geben. Kein Problem, war ja genug da. Ich ging derweilen nach oben die Wassertonne überprüfen. In der Nacht hatte es kräftig geregnet. Deckel auf. Was war das denn? Eine Fledermaus schwamm oben auf der Brühe. Schnell holte ich einen Arbeitshandschuh und zog ihn an. Fledermäuse können beißen. Muss ich nicht ausprobiert haben. Die hielt sich prompt fest. Ich spürte sie durch die Handschuhe. Ich hatte schon einen Schuhkarton dabei. Da legte ich sie rein zum Trocknen. Das Ganze dann mit der Öffnung nach unten ins Gebüsch. So war es innen dunkel und von außen sonnig. Geschützt vor Fremdeinwirkung.
Ich ging wieder runter in den Keller. Heinrich hatte Schnaps mitgebracht. Den Selbstgebrannten. Als Versuch quasi. Nach dem Versucherle gingen wir in den   vorderen Teil des Gartens. Hier begann Heinrich mit dem Schneiden der Äste. Der Versuch mit dem Schnaps ist gelungen und ich ging zur Kontrolle nochmals runter in den Keller. Und da lag die Fledermaus. Fein säuberlich seziert. Die filigranen Knöchlein ausgebreitet. Wie zum Trocknen. Eine transparente Haut drumherum. So lag sie auf dem Werkzeugtisch neben dem kleinen Schraubstock. Ich hatte ja sofort die Elstern in Verdacht.

Die hatte ich nämlich gehört. Noch lauter als Heinrich. Und Elstern sind ja sehr intelligent. Aber dass hier? Und so viel Schnaps haben wir auch nicht versucht. Die Knöchlein waren schon realistisch. Dieser Fall war nicht aufklärbar.

Also wanderten die Knöchlein in den Müll. Dem Heinrich erzählte ich nichts. Er war bis zu meinem Auszug aus dem Haus nun mit dem Garten beschäftigt. Und die Amseln mit ihrer Party. Eins ihrer Jungen hat sich mal in meinem Keller verirrt. Die Katze war hinterher. Ich verscheuchte sie, die Katze, setzte das flügge Küken auf einen Ast. Seine Mutter beäugte alles von weitem. Das Küken flog davon, Richtung Nest. Dort übte es das Lied von der Party, denn es war ein Männchen.

Der Biermolch

Heute war wieder so ein Tag. Nichts funktionierte, alles andere ging schief. Conradt, der Bierbraumeister der Ortsbrauerei Zumsingen, so hieß die Brauerei, war im Ort bekannt. Landläufig sagt man: bekannt wie ein bunter Hund. Nein, er war nicht bunt. Eher farblos. Graue Haare, graues Hemd, graublaue Jeans. Aber jeder im Ort kannte ihn. Vom Bürgermeister bis zum jüngsten Schüler in der Grundschule war er bekannt. Natürlich, seine Frau kannte ihn auch. Hat sie ihn doch vor über 40 Jahren geheiratet. Und was sie alles mitmachen musste. Aber so ein Braumeisterleben ist eben kein Zuckerschlecken. Dabei wurde Conradt erst durch seinen unsichtbaren Begleiter bekannt. Nicht durch seine Kleinwüchsigkeit oder durch seine unverständliche Sprache oder durch eine sonstige besondere Art von ihm. Nein, er war ganz normal. Aber sein unsichtbarer Begleiter, der hatte es in sich. Es war ein kleiner Geselle, nicht mal halb so groß wie Conradt. Er lebte in den unterirdischen Katakomben der Brauerei. Dort war er zu Hause, der Biermolch. Jeder im Dorf, ja im ganzen Kreis, hat schon von ihm gehört. Conradt erzählte seine Schauermärchen über all herum.

Zum Beispiel, was ist ein Biermolch.: Ein Biermolch ist ein Wesen des Aberglaubens in Schwaben. Laut Michael Buck, einem schwäbischen Dialektdichter, handelt es sich bei den Legenden über das sagenhafte Tier um einen Aberglauben schwäbischer Bauern, wonach der Biermolch „von schlechten Brauern im Lagerfass gehalten wird, alles Bier sauft, wieder von sich gibt und durch sein Gift berauschend macht. Bei diesem Geschäft wird der Molch 7–9 Pfund schwer". Das vorrangige Ziel des Einsatzes eines Biermolches sei es gewesen, den Verkauf des Bieres zu beeinflussen, womit der Molch zu den zahlreichen Zaubern gehört, mittels derer Bier vor Hexerei bewahrt oder wohlschmeckender erhalten werden sollte. Und das wurde dann an den Biertischen im Ort erzählt. Und wenn Conradt vorbei kam, dann luden ihn die Leute ein, vom Biermolch zu erzählen. Nämlich die neuesten Geschichten. Und ein Bier dazu musste immer verkostet werden.

Die neuste Geschichte: Conradt hatte den Auftrag, eine neue Biersorte zu brauen. Seit vielen Jahren schon braute er für die Firma mit mehr oder auch mal weniger Erfolg. Für das Weniger konnte er nichts. Es gab immer ein Auf und ein Ab in der Firmengeschichte. Nun stand er kurz vor der Rente und er wollte die paar Jahre hier noch durchhalten. Das Verkosten war seine besondere Spezialität. Das konnte nur er. In all den Jahren verkostete er jedes Mal das frisch gebraute Bier. Es musste immer gleich schmecken. Es durfte keine Abweichung geben. Vor allem das Starkbier hat es ihm angetan. Es wurde auch nur nach seinem Rezept gebraut. Die Stammwürze musste 16 % erreichen und damit ein Alkoholgehalt von mindestens 6,5 %. Der Biermolch half ihm dabei, nach der Methode, wie von dem Michael beschrieben. Das machte die besondere Würze und den Alkoholgehalt aus. Aber jetzt konzentrierte er sich auf das neue Rezept. Es stammte aus der Feder des Juniorchefs Patrick. Schreiben war dem seine Stärke nicht wirklich. So hatte Conradt seine Liebe müh, und not zu lesen, was da auf dem Zettel stand:

Zutaten:
Salz und Malz:
325 kg Münchner Salz
165 kg Wiener Salz
250 kg Weizen hell
125 kg Cara Dunkel
 28 kg Röstmalz
Hopfen:
 13 g Perle (AH, 10 %)
 11 g Perle (AH, 10 %)
 15 g Perle (AH, 10 %)
Hefe:
 11,5 g S04 (Fermentis)
Wasser:
 16 l Hauptgenuss
  5 l vorgelegt im Läuterbottich
 14 l Nachgenuss

Es machte für Conradt nicht viel Sinn, was da stand. Wo hat Patrick sich dass bloß wieder ausgedacht. Wenn er gedacht hat. Reden mit Patrick? Dann kann man eher mit den Störchen vom Seeligenberg klappern. Aber nicht mit Patrick reden. Und ungeduldig war er. Nicht mal die Schuhe binden konnte er sich. Dauerte ihm zu lang. Lieber dreimal am Tag hinfallen und wieder aufstehen. Also bis morgen soll das fertig sein. Und alle Zutaten mussten noch eingekauft werden. Wie das gehen soll? Conradt schlug dreimal an den Kessel. Und   wartete. Noch mal und noch mal. Dumpfe Schläge aus dem Kessel. Buum, buum, buum. Ist es noch zu früh? Oder? Doch, da waberte etwas. Aus der Tiefe des Schachtes neben dem Kessel stieg eine Wolke auf, ein Duft zum Erbrechen. Das war er. Ganz sicher war er das. Da, wie ein helles Glöcklein, der Klang einer Triangel in den Rohren. Ting, ting, tingeling. Da, wo der Treber von den Resten der Feuchtigkeit freigepresst wurde und der Saft in den Rohren verschwand. Da war er, der Biermolch. Conradt rief laut das Rezept in die Rohre. Und unten? Splisch, splasch. Conradt kramte sein Handy aus der Tasche. Das viel genau in das Rohr und auch splisch, splasch, unten angekommen. Autsch, oh, getroffen. Hoffentlich nicht Biermolch. Doch, den Schwanz. Macht nichts. Patrick kam den Gang entlang. Man hörte ihn von Weitem. Seine Jacke ist über und über mit kleinen Schellen bestückt. Und die klingen ganz fein, jede Einzelne. Und mit allen zusammen klingt es wie in einem Wanderzirkus, schäpper, schäpper,schäpper. Also zuerst Conradt, der Kesselschläger, buum, buum, buum, dann der Biermolch, kling, kling, klingeling, und dann Patrick schäpper, schäpper, schäpper. So erklang in wilder Reihenfolge ein neues Lied im Hof der Brauerei Zumsingen. Splisch, splasch, buum, kling, schäpper. Fertig war das neue Rezept. Der Biermolch hatte schon alles arrangiert, hatte ja das Handy, nur das Wasser musste noch in den Kessel. Fünfzig Liter gehen hinein. In den Einen, in den Anderen auch und in den Nächsten und in den Letzten auch. Getestet wird aber nur aus dem Ersten. Und nur dort. Natürlich dauerte das, denn alles Ding währt seine Zeit. Am anderen Tag dann war es so weit. Das Bier konnte verkostet werden. Also trafen sich alle drei Beteiligten vor dem Kessel. Conradt, der Braumeister und Patrick der Kleincheff, beide im Hof, und Biermolch, das Maskottchen des neuen Stoffes in den unteren Gängen. Gebraut nach dem deutschen Reinheitsgebot wurde das Gesöff in zwei Krügen mit je einem Liter Fassungsvermögen gefüllt. Goldgelb schien es auf der Oberfläche unter dem weißen Schaum. Der Biermolch hatte schon seine Ration. Er lag irgendwo da unten in einer Ecke und ächzte vor sich hin. Also, die Zeremonie konnte beginnen. Buum, buum, kling, kling, schäpper, schäpper, splisch, splasch. Ein Spruch musste noch her. Zum Beispiel: Im Himmel gibt es kein Bier, drum trinken wir es hier, goldgelb ist die brüh, ein Vergnügen war das zu Saufen nie. Es gibt ja Tausende davon. Von den Sprüchen. Vielleicht auch von den Himmeln. Und nun der feierliche Moment. Das Glas zum Mund, der Blick zum Grund, so besteht man als Mann diesen einzigartigen Augenblick des neuen, aus Hefe und Hopfen gebrauten Getränks. Gnadenlos und menschenverachtend wird die Brühe ohne abzusetzen hinunterge-spült. Es war das letzte Mal, dass so etwas durch die Kehlen spülte.

Auf Wolke Sieben trafen sie sich, Conradt, Patrick und Bierlurch, wieder. Das Rezept war wohl doch zu stark für ihre Konstitution. Hätte man besser wohl langsamer angehen sollen. Aber so sind sie nun mal, die Bierbrauer. Vor nichts, aber auch gar nichts schrecken sie zurück, schon gar nicht vor einem Bierlurch und dessen Geschmack für Bier. Und Conradt? Wenigstens seine Frau hatte was von der Rente. Und die Leute im Ort eine neue Geschichte. Vom Biermolch und seinem Braumeister.

Gut zu wissen:

Nach einer Veröffentlichung in den Mitteilungen des badischen Landesvereins für Naturkunde und Naturschutz war es eine 1938 bereits weitgehend vergessene, aber uralte Nutzanwendung der Larven des Wassermolchs Triturus Cristatus, die zur Klä-rung von trübem Lagerbier darin eingesetzt und nach kurzer Zeit „frischlebendig" wieder entnommen worden seien. In einer Sammlung alter Brauereiausdrücke von 1942 wird davon berichtet, dass „Molche ins Bier getan worden sein, um es glanzhell zu machen".

Anderen Überlieferungen zufolge kamen bis 1900 Biermolche zum Einsatz, um die mangelhafte Qualität von Malz oder Hefe auszugleichen und durch die Bewegung des Tieres den Gärprozess zu unterstützen.

Eine Geburtstagsfeier und dreierlei Aspekten

Lotte:
Lotte steht vor dem Gabentisch und nestelt lustlos an dem Geschenk ihrer Schwiegermutter herum. Die Gäste schauen ihr zu, ein Sektglas in der Hand.
Lotte: Ich kann mir schon denken, was sie mir da eingepackt hat. Mit Packpapier. Ordinäres braunes Packpapier. Hätte sie ja auch was Ansprechenderes raus suchen können. Mit der Schere kann ich das Papier auch aufschneiden. Von unten nach oben. Wo ist die Schere, fragte ich Gerhard. Er reichte sie mir und ich schnitt das Packpapier auf, von unten nach oben. Da kommt das Objekt zum Vorschein. Eine Vase. Tatsächlich eine Vase. Und was für ein Design. Wahnsinn. Die Gäste, sie tuschelten schon. Wo stell ich die bloß hin? Am besten in den Keller. Muss ich jedes Mal, wenn sie kommt, hochholen. Nein, die brauch ich wirklich nicht. Ups, bin ich dagegen gestoßen? Ups, da liegt sie nun in Scherben. Wie blöd von mir. Das Gesicht, das Gesicht entgleist ihr, wie schön.
Schwiegermutter: Hoffentlich freut sich die dumme Zicke auch recht. Bin schon gespannt auf das Gesicht der Anwesenden. Eine Vase ist doch immer wieder ein wunderbares Geschenk. Und so vielseitig verwendbar. Man kann sie überall aufstellen. Na ja, viel Platz haben sie eh nicht, landet im Keller. Gut, hat nicht viel gekostet. Was macht sie denn da. Aha, das Packpapier kaputt. Sieht ihr ähnlich. Kein Sinn zum Sparen. Das war Absicht, ich habe es gesehen, das war Absicht. Ich wusste, dass sie das tut, zum Glück war die nicht teuer.
Ehemann: Gerhard trifft Karl, seinen Nachbarn auf der Terrasse. Gerhard erzählte ihm den Vorfall. Du Karl, stell dir vor, Lotte hat doch Geburtstag gehabt. Ihren Fünfzigsten. Meine Mutter war auch da, ich habe sie abgeholt. Ihr Geschenk war eine Blumenvase oder so was Ähnliches. Und die hat es Lotte richtig angetan. Sie hat sich richtig gefreut über das Teil. Und dann kam irgend so ein Trampel an den Gabentisch und die Vase fiel auf dem Boden. Kaputt. Dabei war die ein Geschenk der Mutter meiner Mutter. Also ein altes Stück. Ziemlich wertvoll. Jetzt ist sie hin.
Auktoriale Perspektive:
Der 50. Geburtstag war schon ein aufregender Tag für Lotte. Viele Gäste haben sich angesagt. Hoffentlich macht das Wetter mit, denn in der Wohnung ist es zu klein für alle. Ihre Kinder halfen ihr beim Herrichten. Gerhard musste seine Mutter aus dem Seniorenheim abholen. Sie freute sich auch darauf, mal wieder raus zukommen. Bis dann alle im Wohnzimmer versammelt waren und anstoßen konnten, dauerte es noch ein wenig. Die Geschenke wurden auf den Gabentisch gestellt. Und dann war es so weit. Noch eine Rede von Gerhard, der allen dankte und seine Lotte lobte. Und es ging ans Auspacken. Manches Brauchbares war dabei, manches weniger, aber als eine Anerkennung reichte es schon. So ging das Geburtstagsfest ohne größere Vorkommnisse zu Ende. Man könnte auch sagen, friedlich zu Ende. Man sagt ja, Scherben bringen Glück. Dazu hat wohl eine Vase als Geschenk beigetragen.

Klang und Farbe mit und aus Worten

Der Geist des Menschen kann mit sehr differenzierten Klängen und Farben Geschichten erzählen. Lernen kann man das schon von Kind an. Mich hat es immer angesprochen, wenn ich irgendwo einen Regenbogen abgebildet gesehen habe. Oder Klänge erzeugt wurden, mit welchen Instrumenten immer.
Das konnte ich dann schon auch in Büchern und deren Geschichten nachempfinden. Die kleine Hexe zum Beispiel. Vom Ottfried Preußler. Die Walpurgisnacht, oh je.
Aber man kann noch so viel schreiben und noch so viel Erfahrung sammeln, eine Erklärung für das Hervorbringen solcher Geschichten gibt es nicht. Zumindest im menschlichen Bereich nicht. Aber der Mensch begann mit ersten Niederschriften schon sehr früh, schon nach seiner Menschwerdung. Sie dienten ihm zunächst als Zahlengedächtnis. Dann wurde erweitert auf Gesagtesgedächtnis. Und liest man mal die Bibel, Klänge und Farben in allen Variationen. Pfingsten feiert man den Heiligen Geist. Ein Meister von Klang und Farbe. Ein Geist, der Alles durchdringt. Und er bringt alles ans Licht, wenn es sein muss, er, der Geist Gottes schlechthin. Er hat für jeden ein gesprochenes Wort, das die Seele klangvoll berührt und farbenfroh stimmt. Wie die Saiten einer Harfe.
Man kann es hören, das Wort und ist berührt von der Behutsamkeit, mit der es gesprochen wurde, man kann es lesen, das Wort und ist berührt von der Behutsamkeit, mit der es geschrieben wurde. Beispiele??? Zu Hauf, im Buch der Bücher, das Hohelied Salomos. So nehme auch ich davon und schenke es meinen Lesern und Zuhörern. Die Ohren sollen klingen von den Sprüchen des hörbaren Geistes. Die Herzen sollen springen von der fühlbaren Nähe des Geistes. Es raunt rund um die Welt, wie wenn ein Walfisch seine Liebesgesänge zu seiner Liebsten schickt durch die sieben Meere. Sie vernimmt ihn und schon antwortet sie. Ja, vergiss nicht das Antworten. Nicht das du ihn verpassen tust, wenn er kommt. Aber der Heilige Geist kann auch herb. Immer der Wahrheit nach. Keine Verluste und nicht um jeden Preis alles erreichen. Das ist zwar bedrückend, doch es befreit auch zugleich, denn es ist die Wahrheit. Wer mag sie hören, wer ist imstande, sie zuhören. Wer möchte nicht auch mal Schutz finden vor den harten Strahlen der Sonne. Das ist die Wahrheit. Auch ein mildes Licht trägt bei zum Schutz vor der Sonne. Milde hindurchschauen durch das Brennglas der Wahrheit. Fokussieren auf jeden Deut, wer kann das erleiden? Milde und Erbarmen durchzieht unser Leben. Wohin? Wir werden sehen. Und die Geschichten? Der Stoff aus dem die Träume sind. Sie können uns begleiten ein Leben lang.

Hänsel und Gretel

Es war einmal ein Mädchen. Das lebte in einer kleinen Stadt. Ihre Eltern hatten einen kleinen Schreibwarenladen. In dem Haus, in dem sie wohnten. Hier trafen sich nach der Schule alle Kinder. Es gab immer was Wichtiges zu Erzählen, zu besprechen, es gab immer was Süsses zu naschen. Vor allem, wenn der Hänsel mit dabei waren. Die Gretel kannte sich gut aus in dem Haus. Es gehörte ihren Großeltern. Hänsel und Gretel gingen gern in den Raum mit den tausend Geheimnissen, den Keller. Da gab es immer so viel zu entdecken. Heimliches und Unheimliches. Diesmal ging es bis ganz an das Ende des Raumes. Dort stand ein Spiegel. Er war sehr alt und fast völlig erblindet. Er war aber ein Anziehungspunkt für die beiden Freunde. Und jetzt war ein besonderer Augenblick. Gretel und Hänsel wollten ihn zum Leben erwecken. Sie hatten nämlich gelesen, dass solche alten Spiegel Zauberkraft besaßen. In der Form, dass er sprechen konnte. Allerdings nur in der Sprache, in dessen Land er gebaut wurde. Und das galt es jetzt herauszufinden. Hänsel nahm Gretel an ihre Hand. Langsam arbeiteten sie sich vor. Der Weg bis zum Spiegel war lang und viele Hindernisse standen im Weg. Zum Beispiel: Hier ein Schaukelpferd, da ein Tretauto, hier ein Steckenpferd, da eine Schatzkiste, musste man später noch in Augenschein nehmen. Und da stand der Spiegel. Gelehnt an der Wand sah er aus wie ein Großvater, der nach einer Zechtour vor seiner Haustür stand und keinen Schlüssel dafür fand.

Auf dem oberen Rand saß eine Schirmmütze, die von Großvater. Der Rahmen war aus schlichtem Holz, überzogen mit einer Goldfarbe. Die blätterte an vielen Stellen schon ab. Der Spiegel maß zwei Meter in der Höhe und ein Meter in der Breite, ungefähr. Wenn man wüsste, woher das Holz stammte, dann währe man schon ein Stück der Erkenntnis näher. Aber so? Hänsel besah sich den Rahmen genauer. An einer Stelle war er nicht nur ohne Farbe, nein, es schien, als sei diese Stelle oft benutzt worden. Ganz blank war da das Holz. Hänsel zeigte es der Gretel. Vorsichtig strich sie mit ihren Fingern da drüber. Kdo mě lechtá? ertönte eine tiefe Stimme. Hänsel und Gretel erschraken zutiefst. Zavři pusu. Ano, jsem. Erstens verstanden sie das nicht, zweitens sagte ihr Geist: Das ist nicht möglich, also unmöglich. Sie hielten sich umschlungen und so legte sich der Schreck so langsam. Sie sahen sich an und Hänsel strich noch mal über die blanke Stelle. Ahoj, Ahoj, Hii, ne ano, to mě lechtá. Tatsächlich, das war der Spiegel. Er sagte etwas. Bloß konnten sie es nicht verstehen. Sie kannten ja die Sprache nicht. Hänsel hatte sein Handy dabei. Mit einer Übersetzungsapp konnten die Beiden herausfinden, dass das tschechisch war. Und jetzt konnten sie den Spiegel verstehen. Sie hielten das Handy an den Spiegel, Gretel strich über die Stelle, der Spiegel sagte etwas und das Handy übersetzte. Das klang so: Wer kitzelt mich? Schließen Sie Ihren Mund. Ja, ich rede. Hi, Hi, Hii, nein ja, es kitzelt mich. kdo jsi potom? Vidím tě. Heißt übersetzt: Wer seid ihr denn. Ich sehe euch. Ich Gretel, Gretel zeigte auf sich. Ich Hänsel, Hänsel zeigte auf sich. Ihre Angst war verschwunden und nun unterhielten sie sich mit dem Spiegel. Woher er denn sei, wie er hier her gekommen und was sein Geheimnis sei. Das alles erzählte Hans, denn so hieß der Spiegel. Ja, sein Geheimnis. Nein, er kannte keinen Schatz, nein, er kannte kein Schneewittchen und auch nicht Frau Holle. Aber er kannt Hänsel und Gretel. Er wollte nur herausfinden, ob die beiden ihm auch die Wahrheit sagten. Und das taten sie. So zeigte er ihnen jetzt, dass er, Hans, hellseherische Fähigkeiten hatte. Die dienten aber nur zur Hilfe, wenn jemand unverschuldet zu Schaden kam. Also keine drei Wünsche oder so einen Kram. Denn Hilfe, wenn Hilfe benötigt wurde. Auch kein Gottersatz. Gott hilft immer, oder so. Ganz banale hellseherische Fähigkeiten zum Wohle oder zu Weh. Vorsicht also. Hänsel stellte eine Frage zum Test. Hans, wie heißt mein Bruder. Hans. Du hast gar keinen Bruder, aber eine Schwester. Die Gerlinde. Stimmt, antwortete Hänsel. Da erklang der Ruf der Mutter: Essen ist fertig, bitte kommen. Gretel und Hänsel verabschiedeten sich von Hans und versprachen, bald wiederzukommen.

Beim Hinaufsteigen der Treppen machten sie noch aus, nichts von dem Erlebten weiter zu erzählen. Man weiß ja nie. Und so blieb das ihr Geheimnis bis auf den heutigen Tag.

Stephans tausend und eine Nacht

Als Stephan das erste Mal in tausend und einer Nacht auftreten sollte, da vergaß er doch tatsächlich, wo dieser Auftritt hätte stattfinden sollen. War es im Louvre in Paris, oder war es in Zürich im Stadion, oder war es ein Auftritt im Europapark in Rust. Dort war er überall schon mal. Aber Stephan wollte es einfach nicht mehr   einfallen. Tausend und eine Nacht ja, aber wo? Es war weg, einfach weg. Und dann viel es ihm wie Schuppen von den Augen. Ja, es war auf der Pfingstweide in der Sporthalle. Das Thema: Pfingstweide sucht den Superstar. Der Termin: Juli, das Sommerevent. Alle waren eingeladen. Wie lang war es noch bis dahin? Schon noch drei Monate. Mitmachen dürfen alle, die mitmachen wollten. Also meldete sich auch Stephan. Er und sein Betreuer. Er liebte es, auf der Bühne zu stehen. Er liebte es, wenn er angehimmelt wurde von all denen, die nicht auf die Bühne konnten. Wie gerne würden sie dort stehen, allein, sie konnten nicht. Stephan konnte zumindest stehen und tanzen auf der Bühne. Ein für alle märchenhafter Auftritt der Protagonisten. Aber jetzt erst mal üben, denn Übung macht den Meister. Das wusste Stephan auch. So nahm er sich seinen Soundblaster. War ein Geburtstagsgeschenk. Das war wichtig. Damit konnte man auf alles zugreifen, was Musik produzierte, weil Bluetooth fähig. Der Soundblaster gab die Musik wieder. Und wie. Die ganze Pfingstweide kannte ihn, den Soundblaster. Und mit LED. So sah man ihn dann auch noch im Dunkeln. Stephan musste schon jede freie Minute nutzen, um seinen Part zu üben. Was brauchte er noch? Richtig, einen USB-Stick. Da war sein Lied drauf. Und das hörte er ab jetzt ununterbrochen. Er musste ja den Text auswendig können und lesen hat er ja mal angefangen zu lernen. Da war er sieben oder acht. In der Schule. Dann kam aber die Krankheit, die alles unterbrach. Nicht lesen, nicht rechnen, nicht schreiben. Alles war dahin. Die Krankheit kostet ihm ein Jahr seines Lebens. Ein sehr wichtiges Jahr. Aber singen, das konnte er. Und jetzt musste er den Text auswendig lernen. Es war ja kein Kinderlied, das ihn von klein auf begleitete. Das was er singen wollte, das konnte er alles auswendig singen: Kleine Tropfen Wasser, ein Gärtner geht im Garten, Stern, auf den ich schaue usw. Alle konnte er auswendig, alle Verse. Aber jetzt musste es was anderes sein. Nämlich Udo Jürgens mit seinem griechischen Wein. Ja, genau das hat sich Stephan herausgesucht, oder? Wie war das noch mal? Genau, seine Betreuerin hat ihn draufgebracht.
Der Text:
> Es war schon dunkel, als ich durch Vorstadtstraßen
> Heimwärts ging.
> Da war ein Wirtshaus, aus dem das Licht noch auf den
> Gehsteig schien.
> Ich hatte Zeit und mir war kalt, drum trat ich ein.
> Da saßen Männer mit braunen Augen und mit schwarzem Haar,
> Und aus der Jukebox erklang Musik, die fremd und südlich war.
> Als man mich sah, stand einer auf und lud mich ein.
> Griechischer Wein ist so wie das Blut der Erde.

Komm', schenk dir ein
Und wenn ich dann traurig werde,
Liegt es daran, dass ich immer träume von daheim;
Du musst verzeih'n.
Griechischer Wein, und die altvertrauten Lieder.
Schenk' noch mal ein!
Denn ich fühl' die Sehnsucht wieder;
In dieser Stadt werd' ich immer nur ein Fremder sein,
Und allein.
Und dann erzählten sie mir von grünen Hügeln, Meer und Wind,
Von alten Häusern und jungen Frauen, die alleine sind,
Und von dem Kind, das seinen Vater noch nie sah.
Sie sagten sich immer wieder: Irgendwann kommt er zurück.
Und das Ersparte genügt zu Hause für ein kleines Glück.
Und bald denkt keiner mehr daran, wie es hier war.
Griechischer Wein ist so wie das Blut der Erde.
Komm', schenk dir ein
Und wenn ich dann traurig werde,
Liegt es daran, dass ich immer träume von daheim;
Du musst verzeih'n.
Griechischer Wein, und die altvertrauten Lieder.
Schenk' noch mal ein!
Denn ich fühl' die Sehnsucht wieder:
In dieser Stadt werd' ich immer nur ein Fremder sein,
Und allein.

Die Verse musste Stephan lernen. Also spielen, spielen und nochmals spielen. Die Performance musste auch noch sitzen. Ein Fall für Stephan. Allein mit seinen ausdrucksvollen Gestiken konnte er sein Publikum verzaubern. So gingen die Tage, die Wochen, die Monate dahin. Morgens fertigmachen, zur Arbeit, dann zum Bus, zur Arbeit, zurück, richten, zum Abendbrot und dann üben. An den Wochenenden dann nur üben. Wenn Besuch kommt, dann unterwegs üben. Die Gefahr, dass es zu den Ohren wieder rauskommt, besteht schon, aber nicht für Stephan. Und dann kam der große Tag. Die Jury stand fest, die Reihenfolge der Auftritte wurden vorher schon ausgelost. Stephan kam an fünfter Stelle. Sein Betreuer ging nochmals alles Organisatorische mit ihm durch. Für Stephan war das ein Gefühl, wie Tausend und eine Nacht. Und er malte sich aus, wie es wäre, würde er auf eine der großen Bühnen auftreten. In Paris, in Zürich, im Europapark. Das Stück erklang, laut legte Udo los. So laut, dass Stephan wie gelähmt dastand. Er konnte gerade mal den Mund bewegen, ein bisschen wippen. Und dann aus. Nach fünf Minuten. Gut Stephan, alles applaudierte, die Halle bebte. Stephan gab sein Micro ab. Warten, gespanntes Warten, das Urteil der Jury. Es war halt zu wenig Bewegung, verstehen konnte man ihn auch nicht, das Lied war aber gut ausgewählt. Glatte sechs, setzen. Ja, für Stephan war das brutal, aber er hatte ja noch eine Chance, nächstes Jahr. Also üben, üben, nochmals üben. Aber nächstes Jahr gab es dafür nicht mehr. Die Jury ist verstorben, Corona kam auch noch dazwischen, wie es weitergeht weiß man noch nicht. Man kann ja auch was neues üben. Figuren für den Zirkus?!

Totes Holz
Oliver, der Meisterdieb

Lübeck, in der Fischergrube 44, stand das Ganghaus, eine Ferienwohnung in typisch Lübecker Flair. Hier hat sich Oliver Härle einquartiert. Allerdings unter falschem Namen. Er hatt einen neuen Auftrag erhalten, und da mussten alle Spuren zu ihm verwischt werden. Und von Lübeck aus konnte er auch gut agieren. Nicht weit bis Hamburg, Seelinien nach Skandinavien und auf ein Auto war er nicht angewiesen. Das war eh nur hinderlich, wenn es zu Verfolgungen kommen sollte. In seiner Wohnung gab es WLAN- Anschluss, also Internet, konnte auch sonst frei genutzt werden. Wichtig war die Blockade der IP-Adresse, sodass ihn niemand verfolgen konnte. Eine VPN (Virtuelles privates Netzwerk) war installiert. Die Anfrage kam aber nicht über das Internet. Die hatte einen Überbringer. Ganz zufällig traf Oliver den in Konstanz. Da, wo Oliver gemeldet war. Ein Chip, den er in seiner Jackentasche fand. Jemand hatte ihn dort hineinleiten lassen. Er konnte den in einem Internetkaffe auslesen. Oliver hinterlegte seine Forderungen auf dem Chip. Wert der Beute ca. 250 Mill., davon 15 % und eine Anzahlung von 5% wegen Aufwandsentschädigung. Die Anzahlung bar. Er brauchte immer etwas zum Schmieren. Gut geölt läuft. Vor der Tür in des Kaffes stand ein Mann in grauem Anzug, blonde Haare, blaue Augen. Die fixierten Oliver, der ließ den Chip unauffällig in die Jackentasche des Mannes fallen. Am anderen Tag traf er den Mann an dem Eingang zu seinem Haus. Er zeigte ihm einen Umschlag, der zwischen der Regenrinne steckte. Oliver nickte und murmelte Lübeck. Der Fremde nickte leicht und Oliver machte sich auf den Weg. Ein paar Sachen einpacken, Formalitäten für die Behörden zusammenstellen und dann den Zug nach Lübeck nehmen. Auf der Fahrt dorthin konnte er sich dann mal Gedanken machen, wie er denn bei dem Bruch vorgehen könnte. Früh morgens kam er in Lübeck an und ließ sich von einem Taxi zu der Ferienwohnung bringen. Hier legte er sich ein paar Stunden aufs Ohr und ging gegen Mittags in die Stadt. Er brauchte noch ein paar Kleinigkeiten und was essen tat auch Not. Als er zurückkam, stand da der Graukittel vor der Tür. Oliver ging in das Haus, ohne mit den Wimpern zu klimpern. Der Graukittel ging seines Weges. Jetzt hatte Oliver Zeit, sich um seine Arbeit zu kümmern. Es ging um eine Villa in Lausanne. Die Pläne dazu lagen in dem Umschlag mit der Anzahlung. Ein Oligarch soll hier seine Verdienste an einem sicheren Ort für schlechte Zeiten hinterlegt haben. So ein Oligarch hält schon gerne mal die Hand für Sonderzuwendungen auf, eben für schlechte Zeiten. Man weiß ja nie, was so alles passiert. Die Villa gehörte einmal einem Edelmann aus Frankreich, Paris, der hier mit seiner Mätresse Zeit verbrachte, las Oliver im Internet. Und so hat er da drin auch einen sicheren Ort für seine Schätze eingebaut. Der Oligarch nutze diesen jetzt, angereichert mit den modernsten technischen und elektronischen Sicherungen, die es derzeit auf dem Markt gibt. Oliver begutachtete die Baupläne der Villa und schaute sich auch ihre Geschichte an. Mon Repos, so hieß die Villa. Bis 1963 lebte hier die Baronin Coubertin und starb 100-jährig. Danach wurden die Räumlichkeiten vom IOC bzw. der Stadt Lausanne betrieben. Bis dann der Oligarch das Obere Stockwerk für sich mietete. Mon Repos, mit „Meine Ruhe" übersetzt, war es dann vorbei. Feste wurden gefeiert, rauschende Feuerwerke abgebrannt und sonstige Darbietungen geboten. Ein Dorn im Auge der Stadtobren. Aber was sollte man tun? Die Stadt bekam ja Miete dafür und obendrein wurde die Villa in Schuss gehalten. Aber das alles war für Oliver nicht so wichtig. Wichtig war der Bau an sich und die Sicherungsanlage, und die nahm er sich jetzt vor. Oliver buchte den Nachtzug nach Genf der um 21.10 h von Lübeck aus abfuhr. Ca. 13 Std., viermal umsteigen. Oliver hatte jeweils ein Abteil nur für sich gebucht. So konnte er sicher sein, dass er allein war. Wenn er schlafen wollte, verschloss er einfach die Türe. Oliver schlenderte nach der Abfahrt von Hamburg durch den Zug. So konnte er sich die Reisenden anschauen. Der Zug fuhr nach München und in Göttingen war dann Umsteigen. Im Restaurant machte er Halt zwecks eines Drinks. Und da saß er, der mit dem grauen Anzug. Ja, er war es. Die Augen, es waren dieselben. Er trank ein Wasser. Oliver setzte sich gegenüber hin und bestellte auch ein Wasser. Aaron, murmelte der Graureiher, Oliver taufte ihn so. Auch Lausanne? Murmelte Oliver. Die Lippen bewegten sich kaum. Wie bei Bauchrednern. Ja, antwortete Aaron. Hotel Agora, murmelte Oliver wieder. I.o. kam die Antwort. Oliver stand auf und schlenderte weiter. Sein Wasser bezahlte er an der Theke. Oliver konnte niemanden Auffälligen beobachten. Aaron saß nicht mehr auf seinem Platz, doch, er ging ihm voraus. Er sah den Graureiher sich grazil an den Fahrgästen vorbeischieben. Aaron sah kurz zurück und bewegte den Kopf von links nach rechts und wieder zurück. Hat auch nichts bemerkt. Nochmal in Göttingen kontrollieren. Oliver spitzte den Mund zu Göttingen. Aaron nickte und verschwand. Oliver auch, in sein Abteil. Kurz nach eins in Göttingen, Oliver konnte jetzt eine Mütze Schlaf vertragen. Nach Göttingen die gleiche Prozedur. Oliver nach vorne, Aaron nach hinten. Aaron war in dem Abteil neben Oliver eingezogen. Zufall? Jedenfalls trafen sie sich wieder. Aaron verzog etwas sein Gesicht. Aufpassen hieß das wohl. Gut, Oliver nickte. Zwar scheute Oliver sich während seiner Aufgabe, mit anderen Leuten zusammenzuarbeiten, aber mit Aaron ging das. Aaron hatte so eine Art, die Oliver entgegenkam. Oliver war ja nicht verheiratet und auch nicht mit irgendjemand liiert. Er wollt sich eben nicht durch Andere verwundbar machen. Das war aber in seinem Beruf nicht wirklich auszuschließen. Man war da nicht zimperlich, denn es ging immer um viel Geld. Dann und wann hatte er schon mal ein romantisches Abenteuer. Er war eben auch ein Mann. Aber es ging immer nach einer Zeit zu Ende. Spätestens ab seinem neuesten Auftrag wurden sofort alle Verbindungen abgebrochen. Das hinterließ viel Herzlschmerzel, weshalb er immer weniger eine Verbindung einging. Gut, Aaron war wie er, auch ein Mann. Aber mehr ist dazu nicht zu sagen. Ein etwas heruntergekommenes Subjekt trieb sich im Zug herum. Aaron beobachtete ihn und schlich ihm nach. Der merkte wohl, dass er verfolgt wurde. Oliver passte einen Augenblick ab und zog ihn in eine Toilette. Der Unbekannte hatte keine Papiere dabei. Seine Nationalität ließ sich auch nicht feststellen. Der Zug fuhr gerade recht langsam und Aaron öffnete den Ausstieg, Oliver warf den Mann hinaus. So konnte es keine Komplikationen geben. Zumindest nicht von diesem Subjekt. Das war der einzige Zwischenfall auf der Reise nach Lausanne. So kamen sie pünktlich an. Oliver checkte im Hotel ein und machte sich frisch für den Tag.

Der Bruch

Nach tagelanger Beobachtung der Villa war es jetzt so weit. Der Bruch sollte stattfinden und der Zeitpunkt dafür schien günstig. Die Villa war unbewohnt, der Oligarch außer Haus. Die Pläne des Hauses wurden Oliver zugespielt. Hauptsächlich das Obergeschoss und die sich darüber befindliche Bühne. Mit seinem Handy konnte er, anhand der Verdichtung von Signalen, die Beute lokalisieren. Er musste die Daten wieder löschen, also sich in sein Gedächtnis einprägen. Zusammen mit Aaron studierte er die Pläne und suchte die Barrieren. Sie basierten auf Lichtschinen. Die waren unter der Decke angebracht. An der Dachluke brachen sie sich, hier konnten sie einsteigen. Also blieb der Weg nur von außen und übers Dach. Dazu brauchten sie Neumond. Dann war es am Dunkelsten. Der war heute. Auf dem Boden gab es noch mal eine stärkere Ansammlung von Signalen um ein Objekt herum. Könnte ein Schrank sein. Oder ein Tresor. Das wäre die schlechteste Variante. Sicherheitshalber las Oliver die Codierung aus. Und wenn die Zahlen mit einem Fingerabdruck gesichert wurden, brauchte er nur auf dem Schrank danach suchen. War wahrscheinlich dabei. Notfalls musste er schweißen. Sie wählten die Zeit so kurz nach zwei. Es war Mittwoch und vermutlich kaum jemand unterwegs. Der Transporter durfte auch nicht zu weit entfernt sein. Zum Abtransport der Beute nahmen sie einen klappbaren Sackkarren mit. Hoffentlich war die Beute nicht zu schwer. Nicht dass sie mehrmals rauf mussten. Also noch ne Mütze Schlaf und dann sollte es losgehen. Aus dem Hotel hatten sie sich mittags schon ausgecheckt. Jetzt saßen sie im Transporter in einer Seitenstraße am anderen Ende der Stadt.

Es war so weit. Unbemerkt kamen sie mit ihrem Transporter an ihren ausgesuchten Parkplatz. Der war belegt. Ging gut los. Also suchten sie nach einem Anderen. Gleich um die Ecke, aber hell beleuchtet. Also weiter. Neben den Containern am Park, da war ein günstiger Platz. Gut, nicht weit zur Villa. Auf der Rückseite, an der linken Seite der Villa, schossen sie Ihre Seile mit je einer Seilschleuder hoch aufs Dach. Die Haken schlangen sich um den kleinen Sockel, so hielten sich die Seile auf dem Dach fest. Auf dem Sockel stand eine Skulptur. Die erinnerte an einen Fisch oder mehreren. Also beim Lösen nachher acht geben. Es machte keinen Lärm. Dann begann der Aufstieg bzw. die Fahrt nach oben. Ein kleiner Motor am Gürtel brachte sie nach oben. Das Seil wurde mit einem Zahnrädchen durch eine Lasche gezogen. Das Seil war sehr dünn und aus Kunststoff, damit auch sehr leicht, aber auch sehr strapazierfähig. An dem Vorsprung vor der obersten Etage mussten sie aufpassen, so dass sie nicht hängen blieben. Und an der Dachrinne noch mal. Dann war es geschafft. Die Seile hochgezogen und an dem Sockel bereitgelegt. Vorsichtig öffnete Oliver das erste kleinere Fenster. Er und Aaron passten gut durch. War auch nicht zu tief zum Boden. Ein Stuhl stand in einer Ecke. Den holte Aaron für Oliver. Dann vorsichtig ausleuchten, Licht nach unten gerichtet. Nach oben wäre das fatal. Da sahen sie den Schrank. Das musste er sein. Sieht zwar aus wie ein Schrank, war aber ein Tresor. Oliver nahm sein Handy und fotografierte ihn. Seine App analysierte ihn und gab die Daten aus. Als Erstes alles, was sich da an Signalen zeigte, musste ausgeschalten werden. Das letzte Signal aus und dann ein gedämpfter Knall. Neben Aaron schlug es ein. Was war dass denn? Hinlegen rief Oliver leise. Und noch ein gedämpfter Knall und noch einer. Dann Ruhe. Langsam erhoben sich die Beiden wieder. Und jetzt musste es schnell gehen. Es kann sein, dass ein Alarm ausgelöst wurde. Der Tresor ließ sich mit den ausgelesenen Daten öffnen. Da lag die Beute. Bestimmt einen Zentner. Es war aber zu schaffen. Jetzt den Weg zurück, mit Sackkarre. Zum Glück waren sie zu zweit. Und Aaron war kräftig. Also raus zum Fenster, erst Oliver, dann die Beute, dann Aaron. Die Seile abgeworfen und am Gürtel festgemacht. Die Beute zuerst runtergelassen, dann Oliver und Aaron. Die Beute zum Transporter gekarrt. Aaron ans Steuer. Und los ging es. Von Weitem hörten Sie die Sirenen der Polizei. Oliver konnte auf seinem Handy den Weg verfolgen und damit ausweichen. Allerdings ließen die sich Zeit. Warum auch immer. Damit war der Weg frei zum ersten ausgemachten Ziel. Die Beute war da, der Bruch gelungen.

Der Transport

Mittlerweile war es schon halb vier Uhr morgens. Der Transporter, es war ein VAN, wurde mit der Beute beladen. Der VAN war ein Wohnmobil mit eingebauten Möbeln und zwei Schlafgelegenheiten, Küche, Dusche und Toilette. So brauchte man nicht auf irgendeinen Campingplatz campieren. Die Vorteile waren seine Geräumigkeit, sein Stauraum und seine Wendigkeit. Der Motor, ein 2,2 Liter sparsamer Diesel. Auch wichtig, denn damit konnte man notfalls weit fahren, ohne zu tanken. Sein Daherkommen war nicht sehr auffällig. Ein Reisemobil eben. Oliver hat ihn für die Fahrt nach Turku in Finnland gemietet. Aaron gab ihm den Tipp. Der verteilte die Beute in den Stauräumen des VAN. Hier gab es welche, wo man sie nicht vermutet hätte. Er wickelte alle Teile in Alufolie. Mehrere Stücke zusammen. Man konnte ja nie wissen. Die Ausrüstung wurde auch sorgfältig versteckt, die Sackkarre konnte man vielleicht noch mal gebrauchen. Bis Basel Bahnhof Stadt wollte Oliver fahren. Dort stieg er um in den Zug und Aaron fuhr allein weiter. Oliver fuhr mit dem Zug bis Frankfurt und den VAN dort übernehmen. Dann sollte Aaron mit dem Zug bis Hannover fahren, Oliver ab Hannover bis Hamburg. Dort übernahm er wieder und wollte nach Travemünde zum Fährenanleger nach Helsinki fahren. Oliver setzte sich hinters Steuer, Aaron stellte die Route im Navigator ein. Sie fuhren in westlicher Richtung zur Auffahrt auf die A1. Die A1 beginnt in Genf und endet in Rorschach am Bodensee. Bei Egerkingen geht es auf die A2 bis Basel. Das sind ca. 200 km nördlich. Mittlerweile war es schon vier Uhr. Die Polizei war auch unterwegs, man konnte sie hören. Es klang, als fuhren sie kreuz und quer durch Lausanne. Hoffentlich begegnet ihnen keine. Ab der Autobahn konnten sie auch ein wenig Gas geben. Maximal 120 km/h. Gut, bis Basel dauerte es ca. zwei Stunden. Inwieweit die deutsche Polizei informiert wurde, konnten sie sich noch nicht wissen. Man wird sehen. Aber sie haben sich darauf vorbereitet. Die Strecke war sehr abwechslungsreich, aber dafür hatten sie keine Augen. Vorbei am Lac de Neuchatel, dann durch Bern und schließlich über Egerkingen nach Basel. Bis jetzt haben sie auch noch nichts von einer Verfolgung mitbekommen. Die entsprechenden Institutionen waren wohl noch nicht im Bilde. Ging ja alles dann auch recht schnell. Aber das wird noch kommen. Bis dahin wollten sie so weit als möglich sein. Aaron schaute auf seinem Tablet nach der Zugverbindung. Er wurde fündig. Abfahrt 6.16 h ab Basel badischer Bh, Ankunft 9.08 h in Frankfurt. Ticket buchen, an Oliver Handy schicken und löschen. Fertig. Wann bist du dort? Frage? Das sind 300 km, mit Pause ca. 4 Stunden. Gut, dann treffen wir uns um 10 Uhr am Bahnhof, ich sorge für dein Ticket und dann tauschen wir. Und gut, dass wir hinten die Kamera haben, da können wir beobachten, was geht. Im Kühlschrank waren Getränke untergebracht. Weitgehend ohne Unterbrechung wurde gefahren. Ruhe-und und Essenszeiten waren im Zug. Oliver stieg in den ICE und Aaron fuhr sofort weiter, jetzt auf der A5 nach Frankfurt. In Frankfurt tauschten sie. Trotz der vielen Baustellen und dem Verkehr war Aaron pünktlich in Frankfurt. Er konnte immer noch keine Verfolgung ausmachen. Aaron stieg in Frankfurt in den ICE und Oliver an das Steuer des VAN. Zu sagen gab es nichts. Also weiter nach Hannover. Oliver fuhr die A5 bis zum Hattenbacher Kreuz und von dort auf die A7 nach Hannover. Um 14.00 h war er in Hannover und kurz vor vier am Nachmittag dann in Hamburg mit dem ICE. Ab Hamburg, dann zusammen nach Lübeck – Travemünde zur Fähre. So war die Planung und genau so wurde diese durchgeführt. Und noch immer keine Verfolger gesichtet. Aber Vorsicht heißt die Mutter der Porzellankiste. Bis zur Fähre war es noch ein Stück hin. Und bis die Fähre ging, dauerte es noch ein Weilchen. Die Fähren der Finnlines waren zuständig. Aaron hatte gebucht. Und jetzt konnten sie sich Zeit lassen, die Überfahrt begann erst um 2.45 h. So blieb noch immer die Frage, wer hat Wind bekommen von dem Bruch und wer hat die Verfolgung aufgenommen. Den VAN konnte keiner kennen. Falscher Name und falsche Adresse hinterlegt. Die Route konnte niemand wissen. Woher auch. Handys und so weiter waren aus. Blieben nur noch Grenzkontrollen. Und die waren sehr spärlich. Also letzte Hürde, die Fähre. Aber hier reichte es aus, ein Ticket vorzuweisen. Also Ausweise wurden nicht gefragt. Das ist in Turku dann anders, dieweil im Hotel der Pass zum Buchen erforderlich ist. So konnten Oliver und Aaron ganz entspannt zum Anleger fahren und auf den Check-in warten.

Gegen 11 Uhr am Abend war es dann so weit. Oliver fuhr auf die Fähre hoch in den oberen Stock. Von der Höhe des VAN her war Platz. Einer musste immer im Wagen bleiben. Der andere konnte dann das Passagierdeck beobachten. Pünktlich um 2.45 h legte die Fähre ab, die Reise über die Ostsee begann. Glatt, so wie der Boden eines Topfes, lag sie da, die Ostsee. Die Fähre pflügte durch das Wasser. Sie hinterließ eine Welle voller Hoffnung auf den ausgebliebenen Regen. Und das blieb so bis ans Ziel. Woran das lag, dass keiner ihnen folgte? Nun, es gab ja noch den Auftraggeber. Der hielt den Beiden den Rücken frei. Ansonsten wären sie nicht so unbehelligt nach Tukur gelangt. Und wer da alles auf der Suche war, das wollten die Beiden gar nicht wissen. Und für Aaron ging die Reise eh zu Ende. Sie konnten sich gegenseitig vertrauen und auf sich verlassen. Das haben sie bei dem Bruch festgestellt. Oliver hatte großen Respekt vor Aaron und umgekehrt. Aaron übersetzt heißt ja „der Erleuchtete". Dem Namen wurde Aaron mehr als gerecht. Nach mehr als 30 Stunden kamen sie in Helsinki an. Miteinander fuhren sie im Transporter nach Turku. Dort checkten Sie ins Hotel ein. Dann fuhren sie an die Küste. Eine wunderschöne Landschaft, durchzogen von vielen Schären. Hier suchten sie nach einem geeigneten Platz für den Schatz. Auffällig viel Totholz lag hier rum. Aaron hatte schon ein Versteck im Auge. Es war ziemlich am äußersten Ende von Kaistarniemi. Dort gab es eine quasi Höhle, in der konnte der Schatz verborgen werden. Kein Mensch weit und breit. Also Beute in die Höhle, Totholz vor der Höhle aufgeschichtet. Es war von außen nicht zu erkennen, dass es sich um eine Höhle handelte. Nochmals alles fotografiert. Und dann passierte es. Ein Blitz aus heiterem Himmel erfasste Aaron. Der viel sofort um. Oliver schaute entsetzt auf Aaron, wie er da auf dem Rücken lag und zitterte. Verkohlt, verbrannt. 20 000 Ampere   entwickelt so ein Blitz. 30.000 Grad Celsius in der Luft. Dass überlebt keiner. Oliver musste sich übergeben. Er traute sich nicht, Aaron anzufassen. Aber der rief seinen Namen. Er lebte noch. Hol Hilfe, hol Hilfe, schnell. Oliver wusste nicht, was er tun sollte. Sein Kopf war so leer wie ein leeres Wasserglas. Automatisch ging er zur Höhle und räumte das Totholz beiseite. Den Körper von Aaron legte er über den Schatz, der hier verbuddelt war. Völlig durcheinander, schichtete er das   Totholz vor den Eingang. Wortlos ging er zum Transporter und fuhr zurück nach Tukur. Ohne Aaron. Ohne Abschied. Leidvoll   dreinblickend, noch immer nicht realisiert, was da passiert war.   Derweilen wartete Aaron auf Hilfe, die kam aber nicht mehr

Das Verhör

Nachdem Kaspar den Tod des gefundenen Menschen, es war Aaron, weitgehends klären konnte, stellte sich ja noch die Frage, was wollte der dort auf dem Strand. Was hatte es mit dem aufgeschichteten Totholz auf sich. Dabei erinnerte er sich, dort am Strand, einen unbekannten Mann gesehen zu haben. Einen Mann, der alles beobachtet hatte. Vielleicht suchte der auch was anderes. Kaspar war der hiesige Ortspolizist. Kaum dreißig Jahre alt und noch recht unerfahren. War auch nichts los in Tukur. Über Europol ist ja der Bruch in eine Villa mit einer riesen Beute bekannt gemacht worden. Aber ausgerechnet hier? Also nahm Kaspar einen Kollegen mit und sie fuhren nochmal raus an die Küste. Nein, nichts Auffälliges zu sehen. Das machte er jetzt jeden Tag und zu unterschiedlichen Tageszeiten. Auch nichts. Kaspar entschloss sich, seinen Kollegen ganztägig dort zu lassen. Eine kleine Hütte oberhalb vom Strand diente als Unterschlupf. Immer noch nichts. Bis an einem Samstag, es waren mehrere Menschen unterwegs zum Ausflug, ein Mann tatsächlich etwas zu suchen schien. Am Totholz machte er sich zu schaffen. Der Kollege rief Kaspar an, der kam sofort. Sie gingen zu dem Mann und stellten ihn zur Rede. Der sagte nichts. Wir müssen sie mit nehmen zu einem Verhör. Hier wurde ein Toter gefunden. Bitte kommen sie mit.
Zurück auf dem Revier in Turku wurden die Papiere von dem Mann geprüft. Es war Oliver Härle. Und dann begann das Verhör. Oliver hatte sich innerlich darauf vorbereitet. Kaspar eröffnete: Wie heißen sie? Oliver Härle, antwortete Oliver. Wo wohnen sie, fragte Kaspar weiter. Hoteli Helmi, antwortete Oliver. Er war mit seinem richtigen Namen angemeldet. Man konnte sich dann nach ihm erkundigen. Kaspar notierte den Namen und gab ihn schon weiter. Gut, aber was hat sie nach Turku gebracht, frug Kaspar weiter. Nicht unser schönes Wetter oder die schöne Landschaft. Oliver sprach leise und zurückhaltend, aber sehr freundlich. Seine Worte waren sehr abgewogen. Und er wollte herausbekommen, ob etwas über den Schatz bekannt wurde. Doch, ich finde Turku sehr reizvoll. Ich erfuhr von einem Bekannten, der hatte wiederum einen Bekannten, der war von Turku. Und schwärmte von Turku, antwortete Oliver. Können

sie mehr zu ihren Bekannten sagen, war die Frage von Kaspar. Nein, die waren nur flüchtiger Natur, sagte Oliver. Gibt es Namen? fragte Kaspar. Ja, ich meine, der eine hieß Gustl oder so, der sprach von einem Aaron, antwortete Oliver. Aha, entfuhr es Kaspar, Aaron. So hieß der Tote, den Kinder am Strand gefunden haben. Kennen sie den also doch! Haben sie den dort gesucht! Oliver dachte: na, der hat ja gar keine Ahnung. Trotzdem musste er jetzt ganz vorsichtig sein, mit dem, was er sagte. Also sorry, ich kenne und kannte keinen Aaron aus Turku. Nur vom Hörensagen. Und nicht der Mann interessiert mich, sondern Turku. Und was ist so interessant an Turku, frug Kaspar weiter. Na seine Landschaft, diese einzigartige Schärenlandschaft vor der Küste. Und dann war Turku auch Kulturhauptstadt zusammen damals mit Talin, entgegenete Oliver. Möchten sie einen Kaffee fragte Kaspar. Vielleicht ein Wasser, danke., sagte Oliver. Kaspar wechselte plötzlich das Thema. Haben sie etwas mit dem Einbruch in Lausanne zu tun? frug Kaspar unverblümt. Welchen Einbruch? frug Oliver zurück. Na den bei dem Oligarchen. Der wurde seines Schatzes beraubt. Wert 250 Mill. Und wenn, antwortete Oliver unverblümt zurück. Dann zeigen sie uns jetzt den Schatz und wir übergeben sie der Schweizer Polizei, sagte Kaspar. Oliver verzog keine Mine, als er sagte: Wie kommen sie auf das schmale Brett. So etwas würde ich nie tun. Da hilft auch kein Vierteilen. Und ehrlich, wer würde denn davon profitieren? Der Oligarch, der hat eh genug, die Stadt? Na ja, am ehesten. Könnten damit ihre Unkosten beglei-chen. Und der Dieb, was soll er mit der Beute machen? Da ist sicherlich alles regist-riert. Verkauf ist unmöglich. Also, wer ist jetzt der Geschädigte? Oliver sah Kaspar in die Augen. Wenn es da nicht noch die Gesetze gäbe, sagte Kaspar. Du sollst nicht steh-len. Stehlen steht unter dem Schutz des Gesetzes. So wie töten auch. Das ist überall so. Bloss in dem Fall trifft es keinen Armen. Warum muss man denn da ein Gesetz anwenden, das eigentlich für die Armen der damaligen Zeit gedacht war,   antwortete Oliver. Das müssen die Richter entscheiden, antwortete Kaspar. Und so lange muss ich sie hierbehalten. Das hier ist ein Rechtsstaat, wie andere in Europa auch. Sie haben keine Beweise, nicht mal Indizien, keinerlei Hinweise, lediglich eine Hypothese. Somit beenden wir das Gespräch und ich gehe in mein Hotel. Guten Tag, verabschiedete sich Oliver. Kaspar blieb nichts anderes übrig, als Oliver gehen zu lassen. Wir sprechen uns noch, rief er zumindest Oliver hinterher.

Aaron, eine Beschreibung

Die Schären vor Turku haben ein ganz besonderes Gepräge. 25.000 Inseln vor Finn-land. Jede mit einer ganz besonderen Eigenheit. Hirvensalo, gleich die Erste Insel vor Turku wollen wir besuchen. Unser Führer ist ein alter Bekannter. Aaron aus Turku. Er ist von Kindheit an mit der Landschaft vertraut. Das Besondere dabei ist, dass uns ein Mann begleitet, der von Geburt an blind ist. Und dem möchte Aaron die Insel vermit-teln. Mit dem Bus fuhren ab dem Busbahnhof in Turku zur Insel. Die Insel ist bewohnt und hat ca. 7.000 Einwohner. Sie ist in mehrere Stadtbezirke aufgeteilt. Die Insel hat eine Größe von ca. 13 qkm. In Oriniemi stiegen wir aus und wanderten von hier aus südwestlich zur Küste. Aaron beschrieb nun auf Englisch für den Blinden die Insel und ihre Vergangenheit.

Hirvensalo ist eine 12,8 km² große Insel im Schärenmeer vor der Südwestküste Finnlands. Sie gehört zur Stadt Turku und ist unmittelbar deren Stadtzentrum vorgelagert. Von den Inseln Ruissalo im Norden sowie Satava und Kakskerta im Süden ist Hirvensalo ebenfalls nur durch schmale Sunde getrennt. Im Westen liegt die offene Seefläche Airisto. Hirvensalo war lange dünn besiedelt und mit Laubwäldern bedeckt. Vor allem seit den 1980er-Jahren sind auf der Insel neue Wohngebiete entstanden, sodass Hirvensalo einen vorstädtischen Charakter entwickelt hat und heute rund 7000 Einwohner zählt. Hirvensalo gehört zum Stadtbezirk Hirvensalo-Kakskerta und unterteilt sich in die Stadtteile Friskala, Haarla, Illoinen, Jänessaari, Kaistarniemi, Kukola, Lauttaranta, Maanpää, Moikoinen, Oriniemi, Papinsaari, Pikisaari, Särkilahti und Toijainen. Die erste urkundliche Erwähnung von Hirvensalo stammt aus dem Jahr 1336. Ursprünglich gehörte die Insel als Exklave zur nördlich von Turku gelegenen Gemeinde Maaria. 1944 wurde Hirvensalo nach Turku eingemeindet.

Wir befinden uns jetzt hier auf der Straße Notvarpsvägen. Die führt durch ein Waldstück Richtung Westen. Der Blinde nickt und murmelt vor sich hin. Aaron spricht weiter. Der Wald besteht aus Laubbäumen wie Eiche, Ahorn und andere. Rechts von uns liegt ein Wohngebiet. Die Häuser stehen verstreut neben Bäumen. Die Straße führt weiter an den Häusern vorbei. Da zweigt eine Straße als nicht durchgängig ab. Eine Bushaltestelle. Jetzt sind wir am Ufer. Hörst du das Wasser? Da liegt das Postboot. Mit dem kann man rüber nach Maanpää fahren. Hier rechts ist das Wasser seicht und als Kinder haben wir hier Muscheln gesammelt und Fische gefangen. Aaron schwärmte. Da gibt es ein Fischbrötchen. Möchtest du? Nein. Gut gehen wir zurück. Wir gehen jetzt hier am Wasser entlang bis zur Straße, die zurück zur Bushaltestelle führt. Da drüben liegt die Insel Kommo. Dort drüben, links von uns, im Wald, ist noch gewachsener Felsboden. Und hier rechts sind alle Bäume gefällt. Ein Sturm hat da mal gewütet. Noch gar nicht so lange her. Jetzt werden neue Bäume gepflanzt. So, da ist die Bushaltestelle, und da kommt auch schon der Bus. Wir fuhren zurück nach Turku. Das war, wie ich meine, eine interessante Exkursion. Für mich und für den blinden Mann.

Das 2. Verhör und Ende

Oliver zeigte seinem Auftraggeber, wo der die Beute abholen konnte. Das geschah dann auch ein paar Tage später. Über den Seeweg und nachts. Es hat niemand mitbekommen. Und wieder ein paar Tage später hatte Oliver sein Geld auf seinem Konto. Ein Schweizer   Nummernkonto, 50 Millionen Schweizer Franken. Oliver ging nochmals aufs Revier in Turku zu Kaspar. Er wollte ihn nicht demütigen oder gar denunzieren oder provozieren. So was lag Oliver fern. Er wollte nur nach dem Stand der Ermittlungen fragen. Allein Kaspar fasste es falsch auf. Er war nicht gut zu sprechen auf Oliver. So, haben wir alles erledigt, fuhr er Oliver an. Ist die Beute in Sicherheit! Ach ja, es ist kein Verbrechen, wenn man stiehlt. Kaspar konnte sich gar nicht mehr beruhigen. Jedes Kind bekommt das eingebläut. Du sollst nicht stehlen. Jeder Polizist auf dieser Welt weiß darum. Allein der Dieb ist sich seines Unrechts nicht bewusst. Oliver war, wusste, was Kaspar bezweckte. Er wollte ihn aus der Reserve holen. Ein Versprecher, eine einzige falsche Antwort. Und Kaspar buchtet ihn ein. Aber nicht mit Oliver. Er antwortete leise, aber mit fester und sicherer Stimme. Natürlich ist es ein Verbrechen, sich zu nehmen, was einem nicht gehört. Doch gibt es nicht auch Grenzen. Jesus wahr mit seinen   Jüngern unterwegs und sie hatten Hunger. Dann lagen da Schaubrote aus, die aßen sie. Oder sie rauften unterwegs Ähren aus. Kirschen am Baum, wie oft habe ich die gepflückt. War auch gestohlen, wenn man es streng nimmt. Nehmen wir mal das Beispiel Kain und Abel. Der Brudermord. Wie kam es dazu? Kain war neidisch auf seinen Bruder. Der Neid war seine Schwachstelle. Gott selbst hat mit ihm geredet und Kain darauf aufmerksam gemacht als er ihm sagte: die Sünde ruht vor deiner Tür. Das hielt ihn nicht davon ab, seinen Bruder zu erschlagen. Für Kain war damit sein Problem gelöst. Aber an Gott kam er nicht vorbei. Als er ihn nach seinem Bruder frug, wich Kain aus. Niemand hat ihn bei der Tat gesehen, niemand konnte es nachweisen. Also ging er seines Weges. Kaspar sagte: Heute haben wir Gesetze, die regeln unser Leben, danach haben wir uns zu richten. Jeder Mensch. Der Verstorbene da draußen weiß man, wie oder an was der gestorben ist? frug Oliver den Kaspar. Der wiederum witterte Lunte. Warum fragst du? Antwortete er. Wie schon letzthin gesagt, um zwei Ecken. Weswegen ich hier her kam. Die Scheren vor Turku. Du erinnerst dich? Sagte Oliver. Wie es aussieht, ist er vom Blitz getroffen worden, zumindest gestreift worden. Er lebte wohl noch eine Zeit lang. Ist dann verhungert und verdurstet, antwortete Kaspar. Oliver wurde übel, als er sich das vorstellte. Wachsbleich ging er hinaus. Das hatte er gewiss nicht gewollt. In der Höhle war kein Wasser. Das Totholz konnte man auch nicht essen. Oliver hat das alles nicht bedacht, als er Aaron allein ließ. Er ging nochmals hinaus zur Höhle. Kaspar heftete sich an seine Spuren. Oliver ging in die Höhle. Eigentlich war das keine Höhle. Es war eher eine Verkarstung. Das Totholz lag auf der Seite. Er sah es sich genauer an. Das Totholz hatte Wasser gespeichert. Es hat nicht nur das Klima ausgeglichen, Aaron hätte davon zähren können. Vielleicht hätte er überlebt. Aber so. Oliver ging zurück nach Turku. Aaron war dort der Unterstützer einer Blindenschule. Oliver schaute sich die an. Am anderen Tag überwies er den Anteil der Beute von Aaron. Mehr konnte er nicht tun. Gedanklich verabschiedete er sich von Kaspar und Aaron und machte sich auf den Heimweg. Per Flugzeug.

Die Stadt, die sich neu erfand

Das Problem

Die Stadt wurde zu einer baulichen Ruine. Der Verkehr, jeglicher   Verkehr, wurde zu einem Geduldsspiel, was auf die Dauer zur Folge hatte, dass keiner mehr hier wohnen wollte/konnte. Eine Stadtflucht größten Ausmasses war das Ergebnis. Es stank in allen Straßen. Das Wasser war verkeimt. Die Nerven lagen blank. Nirgendwo war die Kriminalität so hoch wie hier. Die Stadt neu aufzuteilen oder anders einzuteilen hätte zur Folge, das alles hätte abgerissen werden müssen. Alte Bauten, neue Bauten, große Bauten, kleine Bauten, alles musste weg. Die ganze Stadt platt gemacht. Wie konnte so etwas   passieren? Es war die totale Bauwut, die in der Stadt um sich   gegriffen hatte. Auslöser waren die vielen Neuzuzüge durch   Immigranten oder die Explosion der Bevölkerung in zurückliegenden Jahren. Ursachen und Gründe gab es genügend. Und nun stand die Stadt vor der größten, je dagewesenen, Herausforderung.

Am Institut für Luft und Raumfahrttechnik gab man sich auch mit dem Problem der Städtetechnik ab. Man suchte nach einer Lösung, zumindest nach einem Lösungsansatz. Und die gab es mittlerweile zu Hauff. Eine davon begann sich als Favorit herauszukristallisieren. Mitarbeiter eines alten Bauunternehmens aus der Vorstadt hatten die Idee, das Problem im Ablauf mit den Zeiten zu lösen. Also in die Vergangenheit und von dort aus zur Gegenwart und in die Zukunft gehen. Damit konnte das Problem von Grund auf beseitigt werden. Die Pläne lagen schon in den Schubläden der Architekten der Firma. Natürlich musste das Projekt auch finanziert werden. Und in puncto Finanzen taten sich die Stadt und das Land traditionsgemäß sehr schwer. Es blieb nur eine private Initiative übrig, die dieses Projekt Stämmen konnte, koste es, was es wolle. Die Fa. Ruhm, gegründet 1947 von Reinhold Ruhm, hatte in ihren Reihen eine Kapazität der Luft und Raumfahrt. Die wiederum hatte Konnektion nach Berlin, zu Conradt Schuster, Spezialisten für Raum- und Zeitverschiebungen. Conradt studierte zunächst in Stuttgart, wo die beiden sich kennenlernten. Rienhardt Ruhm und Conradt Schuster. Und nun suchte Rienhard den Kontakt zu Conradt. Der kam auch promt zur Lagebesprechung.   Als Erstes gründeten sie eine Gesellschaft zur Rücksanierung von Großstädten. Die Einlagen dazu lieferte Rienhardt mit 85 %. Conradt konnte auch was besteuern. Und als der Wetterdienst davon erfuhr, beteiligte er sich ebenso. Die Fa. Ruhm füllte auf 100 % auf. So konnte jetzt das Gremium bestellt werden, die Gesellschaft brauchte eine   Leitung und die Kontrolle übernahm die Luft-und Raumfahrt. So konnte die Arbeit jetzt begonnen werden. In den Gebäuden der Ruhm GmbH wurde ein Büro für die neugegründete Gesellschaft angemietet werden. Gut, Rienhardt war der Besitzer der Firma, aber er bestellte einen Stellvertreter zur Leitung der Firma. Computerarbeiten konnten sie an der Uni durchführen. Dort gab es auch die entsprechenden Kapazitäten. Ja klar, die Berechnungen von Zeit und Raum kosteten schon Kapazitäten. Das ging von einer Ewigkeit in die Andere. Aber zunächst musste eine Planung erstellt werden.

Die Idee

Die Idee war, die Stadt von Grund auf neu zu gestalten. Leichter gesagt als getan. Es musste neu geplant werden. Im Büro von Rienhardt. Viele Ideen wurden gesammelt. Die Abflussrohre unter der Stadt mussten neu verlegt werden, auch größer im Querschnitt werden. Der Regenabfluss funktionierte so nicht mehr. Der tägliche Abfluss der Fäkalien ebenso wenig. Bei den täglichen Massen drang alles nach oben. Die Stadt stand ständig unter Wasser. Und es stank zum Himmel. Dabei war die Stadt gar nicht so groß. Knapp drei Million Einwohner. Aber es wurde gespart, was das Zeugs hält. Und das wurde der Stadt zum Verhängnis.

Rienhardt und Conrad entwickelten nun eine neue Stadt. Eine Stadt wie aus dem Bilderbuch. Als Erstes wurde der Untergrund neu bewertet.

Ausgangslage laut Landeshauptstadt: „Im Neckartal und dessen örtlicher Aufweitung bei dem Vorort sind ehemals vorhandene natürliche Auenböden kaum mehr zu finden. Einerseits sind sie der einstigen Kiesgewinnung bzw. der teils flächigen Bebauung zum Opfer gefallen, andererseits wurden sie im Zuge anthropogener Auffüllungen oft mehrere Meter mächtig überschüttet. So suchten sie nach einer Möglichkeit, einer Zeit, in der diese Böden vorhanden waren. Der vom Nesenbach ausgeräumte Stuttgarter Talkessel mündet nach Nordosten zum Neckartal hin. Im Norden, Westen und Süden wird der Talkessel von den Keuperrandhöhen begrenzt. Über wechselnden Ausgangssubstraten (Sand- und Tonsteine des Keupers) sind Bodentypen wie Braunerden, Pelosol-Braunerden oder Pelosole entstanden. Die unbebauten Talränder und angrenzenden Sandstein-Hochflächen sind bewaldet. An den nicht bewaldeten Hängen reichen Gärten und Weinberge mit Rigosolen (umgeschichtete Böden) örtlich bis an die Innenstadt herab.

An den unteren Talhängen und im Innenstadtgebiet sind die naturnahen Böden ausgeräumt, teils mächtig überschüttet und weitgehend versiegelt. Hier sind anthropogen geprägte Stadtböden flächig verbreitet. Deren typisches Ausgangssubstrat sind wechselnde Mischungen aus tonigem Keupermaterial, Bau- und Trümmerschutt.   Obwohl der Boden eine unserer Lebensgrundlagen ist, findet er zu wenig Beachtung. Dabei ist es wichtig, ihn zu schützen. Denn einmal zerstört, lassen sich natürliche Böden nicht reproduzieren. Auch Verunreinigungen und Verdichtungen sind nur sehr schwer zu beheben.“

Und hier setzten sie nun an. Sie mussten eine Zeit suchen, in der das alles noch intakt war. Es musste die Zeit sein, in der noch alles weitgehend unberührt war. Der Fluß, die Auen, der Boden, die Pflanzen. Ja, das Klima war auch wichtig. Allerdings hakte es da. Es gab keine Aufzeichnung des Klimas vor 1980. Die Stadt als solches aber gibt es seit dem 13. Jahrhundert. Dass durch die Gefilde unterschiedlichste Völkergruppen durchzogen, wie beispielsweise die Römer, tut hier nichts zur Sache. Aber durch die geschichtliche Einbettung der Gegend konnte auch ein wenig auf das Klima geschlossen werden.

Das beobachtete Rienhardt. Conradt schaute auf seine gesammelten Zeitstrahlen und fand einen heraus, der recht gut zu dem Vorhaben zu gebrauchen war. Der Strahl war gut erhalten und zeigte auf seine Entstehung in sehr deutlichen Spektren hin. Dadurch konnte er punktgenau verwendet werden. Conradt bündelte weitere Zeitstrahlen im Rechenzentrum am Hochleistungscomputer. Die Randbedingungen arbeitete Rienhardt heraus. Da waren das Klima, die Bodenbeschaffenheit, die politische Landschaft, die Bevölkerung der Gegend. Das alles brachte ihn in das Jahr 750 nach Christus. Ab da konnte das Vorhaben, die Stadt neu zu bauen, in Realisierung gehen.

Galt es jetzt noch nach Vorne in die Zukunft zu schauen. Dort gab es neue Materialien und Maschinen zu unterschiedlichsten Verwendungen am Bau. Beispielsweise eine Baumfällmaschine. Mit der konnte man sehr schnell Bäume fällen und die Stämme bestimmungsgerecht verarbeiten. Beispielsweise Raum-und Zeittransporter um diverses Material von Zeit zur Zeit transportieren. Eine äußerst wichtige Sache war dem Conradt die Laserkanonen. Die konnte er dann, zum Schutz des Projektes, am Firmament platzieren. Erreicht wurde das Ziel um das Jahr 2525 herum. Dort konnte alles

eingekauft werden. Gebraucht. Rienhardt und Conradt arbeiteten jetzt noch den logistischen Ablauf des Vorhabens aus und dann konnte es losgehen.
Für das Transportieren erforderliche Personal sorgte Conradt. Er heuerte Allister McGulliver aus Schottland an. Ein ihm bekannter Kommilitone aus seiner Studienzeit.

Das Projekt

Als erstes installierte Conradt die Zeitstrahlen gebündelt im Weltraum. An der Schnittstelle zwischen Zukunft und Gegenwart ließ er einen Bahnhof bauen. Der Bahnhof wurde von einer Firma am Bodensee entwickelt und vor Ort gebaut. Die Module wurden einfach mit einem Raumtransporter vor Ort gebracht. Das ging alles sehr schnell. Nach einer Woche konnte der Bahnhof genutzt werden. Allister konnte nun die Zeitstrahlen testen. Rauf zum Bahnhof, Zeitstrahl selectiert und am Zeitstrahl dann in das gewünschte Zeitalter. Als erstes nach 2525. Das Jahr war am weitesten entfernt von der Gegenwart. Es ging auch, komischerweise, in keinem Zeitstrahl darüber hinaus. Kommunuziert mit der Erde wurde auch über den Bahnhof. So konnte er seine Eindrücke kommentieren und per Vidio zur Erde zur Überwachungscentrale schicken. Da hielt sich auch Conradt auf. Der konnte dann schnell eingreifen, sobald es nötig wurde. Rienhardt arbeitete derweilen an seinen Plänen zur Bebauung der neuen Stadt. Er untersuchte, anhand der Ortsgeschichte, die möglichen geotope in der Vergangenheit. Vor allem ab dem Jahr 750.
Es war interessant, wo überall Waldgebiete vorherrschten, wo Wasseransammlungen waren, wo Felsabbrüche standen, alles was Aufschluß über die Bodenbeschaffenheit als auch die klimatischen Bedingungen gegeben hatte. Am Erforschen vom Klima hängte sich auch der örtliche Wetterdienst dran. Er sponsorte sogar die hälfte des Projektes, um verläßliche Daten zu erhalten. Gut, der Wetterdienst würde auch zurückgehen bis zur Zeitenwende, um an Daten zu kommen. Aber Rienhardt setzte zunächst ein Limit. Das Jahr 750.
Während Conradt und Allister die benötigten Transportmittel als auch Arbeitsgeräte besorgten, überlegten Riehnhardt und seine Crew sich, wie sie beginnen wollten. Schliesslich gab es da ja noch nichts, was als Stützpunkt genutzt werden konnte. Sie brauchten also eine Unterkunft, ein Allzweckbau, den man vielfältig nutzen konnte. Arbeiten, essen, schlafen. Er durfte auch nicht entdeckt werden. Von niemanden. Also eine Stelle suchen, an der sie sich niederlassen konnten. Zusammen mit Conradt suchten sie danach. McGulliver erkundete als erstes die Gegend um den Hauptort. Man wollteso nah wie möglich am Talkessel sich aufhalten. McGulliver nutzte den Zeitstrahl auch dazu, um sich im Weltraum über diesen Talkassel stehen zu können. Mittels eines Spektralglases konnte er durch den dichten Wald hindurch schauen. McGulliver machte im Gebiet mit den Koordinaten 48° 45' 39" N, 9° 5' 29,2" O, das möglicherweise sich für ein verstecktes Anwesen eignen könnte. Ein Bach floß dort auch durch. Er nannte ihn Bärenbach, so hieß der hier wohl mal. Und vom Boden her war dieser Teil bebaubar. Mit Infrarot suchte er die Gegend nach Lebewesen ab, fand aber nichts. Nichtmal Tiere. So setzte er mit seinem Raumgleiter in der Abenddämmerung, es war schon 7 Uhr abends, an dem Platz auf. Vorher schickte er Conradt noch eine Nachricht. Der gab sein O.K.
Allister stieg aus und lief eine kleine Strecke am Bach entlang. Dann ein Krachen im Untergehölz. Allister zog seine Waffe und schaute in die Richtung des Lärmes. Dann war Ruhe. Nichts passierte mehr. Vorsichtig ging er zurück zum Raumgleiter. Mit seinem Lasermessgerät maß er das mögliche Anwesen noch aus. Er nahm auch noch ein paar Wetterdaten auf. 28.09.750, Höhe ca.400 m, aktuell 8 Grad Celsius, bedeckt. Das war für die Klimaforscher im Wetterdienst.

Danach machte Allister sich auf den Heimweg.
Am anderen Tag trafen sich Rienhardt, Conradt und Allister sich zu einem Arbeitsgespräch oben in der Raumfahrt. Sie konnten sich   dort immer einbuchen. Der Saal war gut gefüllt, erstaunlicher Weise. Also war das Interesse bei den jungen Leuten geweckt. Spionage inklusive. Es gab schon Hinweise, dass Interesse aus der Unterwelt bestünde. Also ganz vorsichtig aggieren. Mehr als Wetterdaten wurden nicht veröffentlicht, unter strengster Geheimhaltung.Es wurde nun besprochen, wie es nun weitergehen könnte. Material und Raumtransporter wurden gebucht. Allister hatte ein Behälter mit Erde dabei. Zur Analyse. Im Protokoll las sich das dann so: Beginn – 13 h Ende 17 h Teilnehmer, Rienhardt Ruhm, Allister McGulliver, Conradt Schuster. Beschluß von allen Zugestimmt. Weitermachen. Als nächstes erstellten Allister und Rienhartd eine Materialliste. Die war sehr umfangreich. Conradt suchte derweilen nach fähigen Leuten, die ein Haus aus Holz bauen konnten. Es meldeten sich etliche aus der Zuhörerschaft. Drei davon wurden verpflichtet. Zwei auf Abruf. Die Bedingungen:drei Jahre lang in einer anderen Zeitleben. Zweimal im Jahr Urlaub. Drei Wochen und an Weihnachten. Kost und Logie frei. Am Anfang in Containern, später, mal sehen. Vertrag ab ersten Oktober gültig.
Allister bereitete seinen Flug vor. Drei der Neuen kamen dazu. Er erklärte ihnen, was sie denn zu tun hätten. Ohne mit der Wimper zu zucken packten die an. Allister startete den Raumgleiter, im Schlepptau die befüllten Anhänger, zwei an der Zahl. So groß wie ein zwanzigstöckiges Hochhaus. Dann stieben sie weg.
Conradt schaute derweil nach Flugobjekten, die lautlos und langsam waren oder auch eine gute Rundumsicht hatten und sehr schnell bewegt werden konnten. Die Zeitstrahlen mussten ja abgereist werdn und das geht nur mit mehrfacher Lichtgeschwindigkeit. Die sollten auch rüber nach 750. Mit denen sollte der süddeutsche Raum erkundet werden. Inklusive der täglichen Wetterdaten. Er wurde fündig. Ein Zepelin, der war sehr langsam und seh leise mit dem neuen elektrischen Antriebssystem. Aus 2525 kamen noch ein paar runde, flache Scheiben dazu. Untertassen. Die waren sehr schnell. Mit sogenanntem Worp Antrieb bestückt. Erklärung: Ein funktionsfähiger Warp-Antrieb verändert das Raumzeitgebiet um ein Raumschiff herum derart, dass der Abstand zwischen Start- und Zielpunkt verringert wird. Die Raumzeit muss in Reiserichtung gestaucht und nach Passage des Schiffs wieder expandiert werden. Diese Veränderungen der Raumzeit durch Gravitationswellen kann nur mit Überlichtgeschwindigkeit geschehen, und das Raumschiff reist in einer „Warp-Blase" mit. So gelingt auch die Bewegung in den untrschiedlichen Zeiten. Da in einer Blase mitgereist wird, sind die Materialien des Gleiters zu vernachläsigen. Nur Radarmäßig dürfen sie nicht erfassbar sein. Mit diesem Antrieb kann alles möglich bestückt werden.Das ist ein Allrounder. Schiffe zum Beispiel, aber das an anderer Stelle. Das Projekt 750 hatte noch keinen Namen Den steuerten die Neuen bei.
Mediapopular 750 AD. So hieß nun das Projekt. Ganz einfach,   Mediapop.
Allister war mit seiner Gruppe an den Platz angelangt, den sie für den Aufbau ihres Centrums ausgesucht hatten. Mediapop war deswegen so geeignet, weil es sehr central gelegn war. Man konnte in allen Richtungen für künftige Vorhaben ermitteln. Der Empfang vom Raumbahnhof war gut. Aber sie brauchten noch ein oder zwei Satteliten für die Vidioübertragungen im Orbit über Mediapop. Das besorgte auch Conradt und Allister musste die nur noch plazieren.
Nach einem halben Jahr wahr alles aufgebaut und mit der Abarbeitung des Planes konnte nun weitergemacht werden. Als erstes untersuchten sie ihre Umgebung mit dem Zeppelin. In der Dunkelheit. Mit ihrem Infrarot und dem Spektrum konnten sie sehr gut sehen. Das Wetter war auch gut, also wolkenlos.

In die Gondel passten vier Leute. Jeder hatte seinen Platz, auf dem er seinen Part abarbeiten konnte. Mehrere Kameras waren an der Unterseite des Luftschiffes angebracht und mehrere an der Oberseite. Jede war mit einem Monitor verbunden. So konnten drei einen vorher bestimmten Bereich verfolgen und einer blickte in den Himmel und verfolgte den Stand der Stern. Zwei blieben in der Blockhütte und verfolgten die Fahrt des Zeppelin auf einem Radarbildschirm und überwachten die technische Einrichtung an Bord. Die Fahrt dauerte bis in das Morgengrauen, dann musste der Zepelin in den Hanger. Er durfte ja nicht gesehen werden und wer da unten als Mensch so alles rumstreicht konnte keiner wissen. Der Hanger war ein Platz der aus Planen in Oliv, hinter der Blockhütte, aufgespannt war. Drum rum Bäume, Äste, so daß der nicht auffiel. Der Zepelin wurde immer vom Boden aus an seinen Platz gesteuert. Die Halle wurde anschließend gschlossen. Im Blockhaus wurden dann die erschlossenen Daten beurteilt und anschliessend an das Hauptquartier übergben. Dann Frühstück und ein wenig schlaf. Einer hielt immer Wache.

So ging das erstmal Tag für Tag. Bis die Umgebung so erkundet war, daß man die ersten Bodenproben nehmen konnte. Menschenansiedlungen gab es hier noch keine. Rienhardt und Conradt beschlossen danach zu suchen. Sie benötigten ja Arbeitskräfte. Sie wollten, laut Plan, eine neue Stadt auf dem Grund der Alten errichten. Nach modernsten Gesichtspunkten und wissentschaftlichen Erkenntnissen.

Verwegen, aber machbar.

Conradt schaute in der Geschichte nach und fand heraus, daß sie in der Karolinger Zeit , also Karolinger, angekommen sind. Es war die Zeit nach den goßen Völkerwanderungen. Die Völker haben sich in untrschiedlichen Landesteilen niedergelassen und wurden bzw. wollten dort jetzt bodenständig werden. Von was hing das ab? Ja, Ackerbau und Viehzucht. Also der Boden mußte gut sein und das Klima den Anbau begünstigen. Am Meer gab es wenigstens gleich was, wenn man fischen konnte. Aber das war weit weg. Es gab ein kleines Meer.

In etwa 150 km Luftlinie südlich. Den Bodensee. Dort schienen natürlich auch schon Menschen zu wohnen. Auch westlich. Dort floß der Rhein. Da gab es auch Menschenansammlungen. Hat Riehnhardt mit dem Zepelin ausgemacht. Conradt versuchte nun noch Menschen in der näheren Umgebung zu suchen. Es gab aber nicht den leisesten Hinweis. Allerdings gab es ja die Strassen und Verbindungen von den Römern erbaut. Den Limes. Und an diesen Strassen waren Siedlungen, die Conradt ermittelte. Als erstes besuchten sie eine Siedlung nahe Cannstatt. Hier am Hallschlag lebten zunächst Römer. Aber es gab keinerlei Spuren von Allemannen oder anderen Völkern. Anders war es mit Luftlinie 10 km entfernten Markgröningen. Hir erkannten sie eine bewohnte Siedlung. Zusammen mit den Freiwilligen gingen sie bis zu diesen Ansiedlungen, um sie zu untersuchen. Sie hörten dabei auch die Menschen sprechen und nahmen das per Video auf. Das wurde an den Stützpunkt weitergeleitet und so konnte die Sprache der Menschen ermittelt werden. Erstmal erfasst konnte sich nun ein Bild der vor Ort lebenden Menschen gemacht werden. Abwechselnd beobachteten sie diese Menschen nun. Ihre Sprache war Alemannisch. Das lernten sie jetzt und nach einer gewissen Zeit konnten sie mit denen kommunizieren.

Zu zweit gingen sie über einen Acker, auf dem mehrere Menschen arbeiteten. Direkt auf die Menschen zu. Die sahen auf und betrachteten sie. Ein kurzes Gespräch zeigte, dass sie nicht willkommen waren. Unter ihren Jacken trugen sie Waffen zum Schutz. Es waren Taser. Damit konnten sie keine größeren Schäden anrichten, der Gegner wurde kurz ausgeschaltet. Ansonsten verliessen sie sich auf ihre Nahkampffähigkeiten wie Karate oder Ähnliches. Darin waren sie ausgebildet. In dem Dorf gab es einen Ältesten, der für die Einwohner sprach. Mit dem unterhielten sie sich, so gut es eben ging. Der Älteste hatte keine Zähne mehr und lief nur auf einem Fuß mit einer Gehhilfe, einem

Stock. Er erzählte von den Geschehnissen im Ort in den letzten zwei Monden. Es ist Erntezeit und ein paar Heimatlose haben ihre Ernte gestohlen und dabei das Dorf verwüstet. Darum ist man mit Fremden vorsichtig. Woher die denn kamen, fragte einer. Da aus dem Westen, aus dem Wald. Die Beiden sagten, sie wollten die Ernte wieder holen und gingen in Richtung Hochwald davon. Dem Ältesten blieb der Mund offen. Er wusste nicht, was tun. Die beiden hatten ihre Skater dabei. Die waren gut versteckt. Mit denen fuhren sie jetzt an den Hochwald. Dort angekommen legten sie sie in das Laub. Dann machten sie sich auf die Suche. Nach den Dieben. Ein kleines Dorf in einer Lichtung schien deren Behausung zu sein. Mit dem Spektral suchten sie die Umgebung ab nach Lebewesen. Dort an der Seite schien jemand gebannt auf etwas zu schauen. Leise schlichen sie sich an und nahmen die beiden gefangen. Es ging ganz schnell. Vor lauter staunen konnten die beiden, es waren auch zwei, sich nicht bewegen. Einheimische: Was wollt ihr eigentlich?
Fremdlinge: Euch Fragen!
Einheimische: Was fragen, erst loslassen.
Fremdlinge: Habt ihr die Bewohner dort überfallen?
Einheimisch: Lachen, selber Schuld.
Fremdlinge: Das geht nicht. Hier geht es um Nahrung, bringt das wieder zurück. Es gehört euch nicht.
Einheimische: Das geht euch nix an.
Fremdlinge: Das geht uns sehr viel an.
Die Fremden zogen ihre Laserwaffen und zielten auf einen Ast in der Ferne. Einer drückte ab, der Ast fiel zu Boden.
Einheimische: Gut, wenn wir das zurückbringen, was bekommen wir dafür?
Fremdlinge: Einen feuchten Händedruck.
Einheimische: Zu wenig.
Die Fremdlinge zielten auf Objekte in der Nähe. Verkohlt fielen die auf die Erde. Mittlerweile haben sich weitere Einheimische zu ihnen gesellt. Sie hatten ihre Waffen dabei. Einer zog sein Kurzschwert aus der Scheide. Das wurde ihm in zwei Hälften geschnitten. Fragezeichen in Aller Gesichter. Man wurde sich sehr schnell einig und das erbeutete Gut wurde unversehrt dem Eigentümer zugestellt. In einer kleinen   Konverenz wurde nun ausgemacht, nicht sich gegenseitig zu berauben, sondern sich zu helfen. Austausch von Waren, Austausch von Gütern, einfach Handel miteinander betreiben, anstatt zu händeln. Gerne hätte man sich nun auch noch die Waffen der Fremden näher angeschaut. Aber das wurde ihnen versagt. Man würde jetzt regelmäßig vorbeischauen, um dann zu helfen, wenn möglich. Die Beiden Fremdlinge machten sich auf den Rückweg und berichteten Rienhardt von dem Erlebten. Nach zwei Wochen gingen die beiden   zwecks Kontrolle die Parteien besuchen. Die Freundschaft der Benachbarten hielt an. So konnten Paul und Gerhard, so hießen die Fremdlinge nämlich, mit den Einheimischen reden. Auf Alemannisch.
Trotz unterschiedlichen Dialektes. Von Dorf zu Dorf unterschied sich die Sprache mal mehr, mal weniger. Paul und Gerhard erzählten nun von ihrem Vorhaben eine neue Siedlung in dem südlich gelegenem Gebiet zu bauen. Nach neusten Erkenntnissen. Die haben sie aus einer weit entfernten Kolonie mitgebracht. Dazu brauchten sie Mitarbeiter. Die Anwohner haben es zur Kenntnis genommen und wollten es, das Anliegen, weitergeben. Paul und Gerhard verabschiedeten sich wieder und düsten mit ihren Skidüsern zurück. Geparkt haben sie die jeweils außerhalb des Ortes. Das ist eine Art Ski, ausgerüstet mit der Warp Technik und damit sehr schnell. Man muss gut trainieren, um den Düsen Ski zu beherrschen.

und dann mit den Untergrundarbeiten beginnen. Das war der Plan. Mittlerweile war man im Jahr 780 angelangt. Also ca. dreißig Jahre nur mit Planung und Untersuchungen verbracht. Gut, man war nicht immer vor Ort. Insgesamt vielleicht 15 Jahre. Aber nun konnte man praktisch beginnen. Alle erforderlichen Geräte waren vorhanden. Die ersten Leute haben sich angesiedelt. Für sie wurden kleine Hütten gebaut mit Vorgärten. So, dass jeder seinen Gemüsegarten hatte.

Für den Nachwuchs war auch gesorgt. Kinder gab es zu Hauff.

Es gab ein Gemeinschaftshaus. Hier gab es essen und trinken, wer wollte. Es gab ärztliche Versorgung und es gab eine Art Schule. Lesen und schreiben konnte lernen, wer wollte. Damit die Männer arbeiten konnten, war eine einheitliche Sprache notwendig. Gemeinschaft wurde gepflegt beim Tanzen als auch beim Lernen von vielerlei Dingen. Es gab Kochkurse, Nähkurse, Verbandskurse usw.

Das Dorf wurde langsam zu klein für die vielen Menschen, die sich hier ansiedeln wollten. Also baute man ein Neues, etwas weiter weg.

Das hing mit den Abfallsammelstellen zusammen. Je mehr Menschen, desto mehr Abfälle und Fäkalien. Alles brauchte seinen Plan. Rienhardt und Conradt waren im Talkessel, um auch hier den Boden zu untersuchen. Insgesamt kein Problem. Man konnte mit dem Bauen beginnen. Erst das Holz abholzen, dann die Wurzeln entsorgen tz und musste verarbeitet werden. Mit der Zeit kam Viehhaltung dazu. Haustiere waren auch sehr beliebt. So organisierte man sich eben, so gut man konnte. Anleitungen und Tipps gab es von den Fremdlingen.

Ein richtungsweisendes Ereignis

Zur Sicherheit wurde rund um die Dörfer Sicherheitszonen eingerichtet. Die war in einiger Entfernung. Dort patrouillierten ausgebildete Sicherheitsfachkräfte. Es gab auch Kameras zur Aufzeichnung. Das wussten aber nur die Fremdstämmigen.

Eines Tages wurden Fremde in Kriegskleidung beobachtet. Sie kamen von Westen herüber. Es musste eine Art Vorhut sein, die das Terrain erkundeten nach störenden Ereignissen. Vorne weg zwei zu Fuß, hinterher drei mit Pferd. Bewaffnung mit Pfeil und Bogen, Speer und Kurzschwert. Von Allem was. Schnell nahmen die Sicherheitskräfte die Beiden, die zu Fuß waren, aus dem Verkehr. Man befragte sie, bevor man sie zurückschickte. Die Botschaft war eindeutig. Hier gibt es keinen Durmarsch. Für niemandem. Es ging an die Adresse von dem Karle. Der war gerade der Oberanführer der Franken. Der wollte alles unter seiner Fuchtel vereinen. Im Namen Gottes und des Papstes. Da hat er sich aber geschnitten. Nicht mit den Schwoobe. Das waren die hiesigen Alemannen. Also schickte man die Späher zurück, wo sie herkamen. Vom Rheingraben rauf. Da unten wartete das ganz Heer. Der Karl wollte nach Bayern zum dortigen Fürsten. Der hatte sich dem Karle verweigert. Und das ging gar nicht. Also kürzester Weg durch Schwaben nach Bayern und dem Fürsten die Meinung gegeigt und notfalls verbannt. Das war in der Zeit große Masche. Verbannen. Immer wenn einer nicht so tut, wie der Kaiser will, dann wird er verbannt.

Rienhardt und Conradt machten bei Tassilo einen Besuch. Er war sehr zugänglich, als er erfuhr,dass sein Widersacher, der Karl, ihn besuchen wollte. Tassilo schloss sich den Beiden noch an gleichem Tag an und zusammen reisten sie nach Schwoobe.

Als Karl nach der Rückkehr der Späher erfuhr, was die dort oben zu tun gedachten, flippte er aus. Zornesröte überzog ihn und er wollte sofort mit seinem Tross da oben für Klarheit sorgen. Allerdings beschwichtigten ihn seine Generäle, doch mit klarem Verstand zu handeln. Also, nächster Tag, nächster Anlauf. Der Wein hatte eh schon in der Truppe für weitgehendste Vernebelung gesorgt.

Conradt, Rienhardt und Paul machten das Flugschiff klar. Tassilo wurde im Quartier drüben auf den Fildern eingerichtet. Der wusst auch gar nicht, was mit ihm geschah. Dann, gegen Mitternacht starteten sie das Luftschiff und fuhren Richtung Rheingraben. Von weitem sah man schon die Feuer leuchten. Sie mussten nur das Zelt vom Karl finden. Das große, dahinten am Waldrand, wurde besonders bewacht. Paul wurde abgesetzt. Er sollte Karl aus seinem Zelt holen. Er hatte eine Spritze in der Tasche. Die reichte sicherlich bis zurück. Leise und ganz vorsichtig bewegte er sich, wie ein Chamäleon durch das Lager. Den einen oder anderen Wachposten musste er in den Schlaf schicken. Paul umrundete das große Zelt und schnitt die hintere Seite auf. Gerade so, dass er und eine weitere Person durchschlupfen konnte. Das Luftschiff wartete über den Wipfeln kurz vor einer Lichtung. Dann ging alles ganz schnell. Paul spritze dem Karl in den Hintern, der lag auf seiner linken Seite und schlief. 21,22,23 und los. Karl nach hinten gezogen, quer auf die Schulter von Paul. Irgendeiner schnarchte wahnsinnig. Zum Glück. Paul schickte das Zeichen zum Zeppelin, der glitt runter auf die Lichtung, fast senkrecht. Paul wuchtete Karl und sich in die Gondel und weg war das Luftschiff. Senkrecht nach oben. Und keiner hat was gemerkt. Alles schlief, weinselig. Und Conradt steuerte flux Richtung Basis.Halbe Stunde brauchten sie. Dann luden sie Karl in das Quartier. Er wurde von einem Arzt noch untersucht, dann noch eine Spritze und er schlief weiter.

Am nächsten Morgen wurde er von Rienhard geweckt. Es gibt Frühstück, begrüßte er Karl. Der schaute bedeppert drein. Karl setzte sich auf. Er schaute an sich herunter. Keine Waffen, nicht mal den Dolch haben sie ihm gelassen. Er stand auf und murmelte so was wie: Frühstück, ja. Rienhardt und Karl gingen hinaus in den Wirtschaftsraum. Hier war das Frühstück bereitet. Da saßen noch weitere Leute. Unter anderem auch Tassilo. Karl ging auf ihn zu und schnautzte: Was tust du hier? Tassilo antwortete: das Gleiche wie du. Karl setzte sich an das andere Ende. Nach dem Frühstück kam dann Conradt zu ihm und setzte sich gegenüber. Conradt erläuterte auf Alemannisch, was heute alles passieren sollte. Aufmerksam hörte Karl zu. Aha, ein neues politisches Konzept wollen die Schwoobe vorstellen. Dazu waren einige Fürsten und Herzöge eingeladen. Bekannt war dem Karl nur der Tassilo. Und den hatte er zum Fressen gern. Aber dabei sollte es bleiben.
Die Gesellschaft versammelte sich nach dem Frühstück in einem großen Saal des Hauptquartiers. Darin standen Stühle. Jeder nahm Platz, wo er wollte. Karl kam neben Tassilo zum Sitzen. Conradt hantierte an einem komischen Gerät. Es erzeugte Bilder an der Wand.
Nach einer Zeit mitten im Raum. Die Gesellschaft raunte vor sich hin.
Noch nie gesehen, das ist Hexerei und der Gleichen war zu hören.
Conradt und Rienhardt rechneten mit dieser Reaktion. Würde ihnen auch so gehen. Conradt erhob die Stimme und sprach in seiner ihm gewohnten Sprache. Ein Synthesizer übersetzte in Alemannisch. Der Synthesizer war etwas umgebaut. Er enthielt ein Sprachenmoduli. So konnte man leise Musik abspielen, während eine Männerstimme das gesprochene Wort von Conradt übersetzte. Gleichzeitig veränderte sich das 3D Bild in der Mitte des Raumes. Die Leute wurden angesichts dieser Technik doch mehr neugierig als ängstlich. Also, der Test war gelungen, jetzt wurde es ernst. Conradt stellte anhand des Modells die neue politische Strategie der Schwoobe dar. Wichtig dabei war, alle in das Boot zu holen, das es jetzt zu besteigen galt. Jeder musste davon auch überzeugt sein. Als Erstes war ein Bündnis zwischen den Anwesenden geplant. Man sollte sich gegenseitig unterstützen. Hauptsächlich jetzt zwischen den Schwoobe, den Badenern und den Bayern. Damit ergäbe sich das Land im Süden (Süddeutschland). Vom Main bis zum Bodensee und vom Rhein bis zu den bayrischen Alpen. Geführt sollte das Ganze von je einem Fürsten aus den Bereichen werden. Dazu sollte

es öffentliche Wahlen geben. Diese Leute mussten einen bestimmten Bildungsgrad vorweisen. Der Gewählte verpflichtet sich dazu, sich weiterzubilden. Ganz wichtig. Das Grundwissen von lesen, rechnen und schreiben, ist Pflicht. Dann war Mittag. Und siehe da, Karl und Tassilo gingen zusammen zum Essen. Nach dem Essen gab es einen Spaziergang und wer wollte, trank Kaffee. Auch was Neues. Zu den beiden gesellte sich nun Conradt. Er fragte nach ihrer Einschätzung zu dem Vorhaben. Keiner hatte eine Meinung dazu. Sie lavierten rum. Es gibt zu viele Bedenken. Die waren am Nachmittag plötzlich sehr zerstoben. Was war passiert. Conradt demonstrierte einen Angriff von Außen auf das Bündnis. Aus dem Norden kommend ein simulierter Überfall von brutalen Völkern.

Es erschien eine Lichtkanone über dem 3D Bild. Dort wo sich die Soldaten bewegten, kam es zu einem Einschlag. Der Weg war sofort nicht mehr begehbar. Der Zug stockte. Die mitgeführten Waffen wurden ebenfalls attackiert, es war dann ein einziger Klumbatsch und nicht mehr zu gebrauchen. Der gesamte Zug hielt inne, besprach sich und drehte um. Beeindruckt von dem Gesehenen warfen sich Karl und Tassilo und einige der anwesenden Fürsten einen Blick zu. Karl ergriff das Wort: Und wer garantiert uns, dass das auch in echt funktioniert? Gute Frage sagte Rienhardt. Wir schauen uns das nach der Pause in Echt mal an. Gesagt, getan, Pause. Nach Kaffee und Kuchen ging alles nach draußen. Dort war ein Holzstapel mit dicken Ästen aufgestapelt. Haushoch war der Stapel. In angemessener Entfernung stellten sich die Leute auf. Conradt erklärte ihnen, was jetzt passieren sollte. Es kommt ein Blitz vom Himmel und entzündet das Holz. Der Blitz wird von einer Laserkanone, wie sie dort aufgestellt ist, abgegeben. Diese Kanone ist im Weltraum plaziert. Von dort aus erreicht sie alle Punkte der westlichen Hemisphäre. Nun sahen alle gebannt auf den Holzstapel. Conradt gab ein Zeichen, sekunden später traf den Holzstapel ein Blitz mit solcher Wucht, dass das Holz nur so umherflog. Dann ein zweiter Strahl auf das Holz, es begann zu brennen. Conradt sagte an die Leute gerichtet: Diese Waffe dient nur zur Verteidigung. Es wird nirgendwohin expandiert. Wir haben in dem Bündnis genug Aufgaben, die unsere ganze Aufmerksamkeit erfordert. Wir haben noch viel vor. Damit wir das unbehelligt tun können schützt uns diese Lichtkanone. Bitte folget mir in den Saal. Letzte Unterweisung und dann Verabschiedung. Jeder wird nach Hause gebracht. Gerhard kam zu Conradt und flüsterte ihm was zu. Ah, sagte Conradt. Haltet sie auf, ich rede gleich mit Karl. Was war passiert? Karls Söldner suchten ihn und kamen auf ihrem Weg durch die Station. Gerhard sollte die noch aufhalten, bis sie fertig sind und wissen, wies denn weitergehen sollte. Kurz und gut, Karl war überzeugt und wollte das auch so vor dem Papst vertreten. Er machte sich sofort auf den Rückweg und wollte die Pläne so umsetzen, wie besprochen. Vor allem die Schulung hat es ihm angetan. Was daraus werden kann, hat er ja erlebt.

Regelmäßige traf man sich nun in diesem Kreis und berichtete von den Fortschritten zu Hause. Misserfolge wurden auch gemeldet, vor allem bei Missernten. Es konnte sehr schnell geholfen werden. Und die Schwoobe machten sich an die Arbeit, die neue Stadt entstehen zu lassen.

Die neue Stadt

Zunächst mussten die Vorbereitungen getroffen werden. Das machte Rienhardt. Er teilte die Arbeit ein. Die Männer wurden in den Talkessel gebracht und entfernten als Erstes die Bäume. Dann die Wurzeln. Alles wurde an einen Sammelplatz gebracht. Dort entstand eine Holzmanufaktur. Das Holz sollte ja Wiederverwendung finden. Straßenzüge und Häuser waren schon geplant. Der Tiefbau war im Aufbau. Wasser, Strom und Heizung waren noch in Planung. Die Bedachung konnte auch noch variiert werden. Nun zum Untergrund, der neuralgische Punkt einer jeden Stadt. Damals und Heute. Aber Rienhardt hatte alles in der Planung.

Es gingen wieder 15 Jahre ins Land. Das Projekt gedieh besser als gedacht. Die Leute spielten auch mit. Und wichtig, das Ergebnis wurde sichtbar. Heute sichtbar, nicht im Jahr 800, heute.

Conradt und Rienhardt und die ganze Crew, waren erleichtert. In der Stadt flossen die Abwässer wieder, auch der Verkehr floss vor sich hin, keine unangenehmen Gerüche und die Bewohner wohnten wieder gern hier. Manche Annehmlichkeit wurde auf einmal sichtbar. Die Stadtväter klopften sich auf ihre Schultern. Auch der Wetterdienst war höchst zufrieden mit den neuen Daten. Und wenn man heute die Geschichte vom Land liest, ja, da hat sich ein wenig was verändert. Na, was wohl?

Klang der Liebe

Da liegt ein Baby

Es war an einem Februartag im Jahre 1952. Ein Tag wie jeder andere. Airi räumte die Küche auf. Sie kam gerade von ihrer Arbeit nach Hause. Eine kleine Wohnung in einer Stadt im Sauerland, in Arnsberg. Airi hörte ein Geräusch. Sie schaute zum Fenster hinaus. Es war dunkel. Auf der anderen Straßenseite ging jemand die Apostelstraße entlang. Apostelstraße, so hieß die Straße, in der sie wohnte. Nummer 10. Sie wohnte im Erdgeschoß. Eine kleine Zweizimmerwohnung mit Küche und Bad. Dann wieder, ein Geräusch. Airi blickte zur Tür. Sie öffnete die Tür vorsichtig einen Spalt. Seit damals, als jemand versuchte, bei ihr einzudringen, war sie sehr vorsichtig. Nein, es war nichts. Das Geräusch. Airi zog die Tür noch weiter auf, damit sie die Stufen hinunter schauen konnte. Und da lag etwas. Es sah aus wie ein kleines Päckchen. Neugierig ging Airi die Stufen hinunter. Dann sah sie die Bescherung. Da liegt ein Baby. Unten auf den untersten Treppenabsatz. Airi stieg hinunter und hob es auf. Sie ging damit in ihre Wohnung. Was mach ich jetzt? Dachte sie. Ich habe nichts zu essen da, Windeln auch keine. Sie schaute genauer hin. Da lag unter anderem ein Zettel, Windeln, Nahrung. Sie las den Zettel: Liebe Airi, stand da, liebe Airi, ich weiß, es ist schon ganz schön unverschämt, was ich hier mache. Aber ich kann das Kind nicht behalten, bin zu jung, die Verantwortung ist mir zu groß, ich bin hilflos und völlig überfordert. Ich wollte es auch nicht. Das alles aber finde ich bei dir. Du bist schon in einem Alter, wo man Kinder haben kann. Du hast eine liebe Art, mit Menschen umzugehen. Du bist energisch und lässt dir nicht alles gefallen. Ich glaube, du kannst das Kind großziehen. Vielen Dank für dein Verständnis. Airi setzte sich. Woher nimmt diese Person denn diese Sicherheit, dass sie das Kind behält und sich drum kümmert?! Sie konnte das Kind doch nicht behalten. Wie sollte sie das dem Amt beibringen, dass jemand ihr das Baby hingelegt hatte. Das glaubt ja kein Mensch. Aber jetzt musste sie sich um das Baby kümmern, es wachte auf und hatte Hunger. In dem Päckchen lagen noch Windeln und ein Fläschchen für das Baby mit drin. Morgen wollte sie ihren Vater informieren und hören, was er sagt.

Ihr Vater, Naoki Sato, kam vor ein paar Jahren nach Soest. Er machte mit seinem Ersparten eine Wäscherei auf. Seine Frau kam in Japan ums Leben und das hat ihn etwas aus der Bahn geworfen. Durch die Kriegswirren und Japans Verbundenheit zu Deutschland wählte er diesen Weg, um wieder zu einer Existenz zu gelangen. Soest wurde während dem Krieg ja ganz übel zugerichtet. Es wurde als eine der ersten deutschen Städte von den Alliierten bombardiert. 1944 bei einem Großangriff kam dann die Zerstörung der Stadt. Das alles musste dann wieder aufgebaut werden. Airis Vater reiste ja auf gut Glück nach Deutschland. In Köln angekommen, hörte er von einem Chinesen, dass in Soest Arbeiter gebraucht würden. Er dachte sich, hier werden überall Arbeiter gebraucht. Aber er nahm das als Hinweis und machte sich auf nach Soest. In Soest traf er eine Frau am Bahnhof, die sehr freundlich auf ihn zuging und fragte, ob sie helfen könne. Er schilderte sein Vorhaben. Die Frau überlegte und ja, es gab eine Möglichkeit, das Vorhaben zu realisieren. Airi und ihr Vater gingen mit der

Frau mit. Im ehemaligen Viebahnscher Hof kamen sie unter. Ein Gebäude der Stadt. Das war sehr geräumig und sie konnten sich einrichten. Auch mit dem Anmelden hat es geklappt. So hatte Airis Vater eine Genehmigung zum treib eines Gewerbes. Es war sicher nicht einfach. Die Stadt Soest kämpfte mit Wohnungsmangel und die Besatzer trugen auch zu dem Dilemma bei. Aber nach und nach erholte sich die Stadt. In die Zeit viel auch noch die Währungsreform. Aber die Wäscherei begann zu laufen und schon nach einem Jahr musste er vergrößern.

Zurück zu Airi. Und das Baby. Airi war mittlerweile 24 Jahre alt. Sie brauchte etwas Abstand zu ihrem Vater und hat sich deshalb in Arnsberg eine Wohnung gesucht und gefunden. Ihr gefiel es hier sehr. Sie begann sich einzurichten nach ihrem Geschmack. Und der war sehr erlesen. Sie fuhr am anderen Tag zur Arbeit nach Soest zu ihrem Vater. Das Baby nahm sie mit. Ihr Vater staunte nicht schlecht. Airi zeigte ihm auch den Brief. Also sie musste es dem Amt melden. Es ist ein Findelkind. Dann kann sie es behalten, bis jemand gefunden wurde, der sich um es annimmt, oder es wird in ein Kinderheim gebracht. Sie fuhr zurück nach Arnsberg und ging dort ins Rathaus, um den Fund zu melden. Dort wusste man auch nicht so recht, was damit anfangen sollte. Also erst mal die Personalien aufnehmen und dann sieht man weiter. Das Baby behielt Airi erst mal. Auf dem Heimweg ging sie einkaufen in den Konsum. Zu Hause konnte sie dann Baby versorgen und es schlafen legen. Am nächsten Tag ging sie wieder zur Arbeit. Sie besprach sich mit ihrem Vater. Der meinte nur, sie soll es erst mal behalten. Blieb ihr nichts anderes übrig. So kam Airi zu einem Baby, ohne dass sie etwas dazu konnte.

Sie nahm tapfer die Prüfung an. Tagsüber nahm sie den Kleinen mit zur Arbeit. Dort konnte sie sich um ihn kümmern. Ihr Vater half ihr, so gut er konnte. Er stellte sogar noch jemand ein, damit er sie entlasten konnte. Das Geschäft lief gut. Dann bekam Airi von der Stadt Arnsberg Bescheid, mit ihrem Baby vorbeizukommen. Dort wurden dann alle Formalitäten ausgefüllt. Das Baby bekam eine Geburtsurkunde, Airi wurde als Adoptivmutter eingetragen. Sie hätte das Kind jetzt noch zurückgeben können, tat sie aber nicht. Sie hat es in ihr Herz geschlossen. Jetzt noch Name und Nachnahme. Hm. Auf dem Zettel stand was von Fritz. Also Fritz, Markus Fritz Sato. Ihren Nachnahmen erhielt er auch. Dann war es offiziell. Airi war eingetragene Mutter eines Kindes. Eine große Verantwortung. Der wollte sie sich gerne stellen. Und sie fand sich gut hinein. Das machen die Gene aus, wahrscheinlich. Ihr Vater war begeisterter Opa. Oft spielte er mit dem Kleinen. Einen Kinderwagen hatte Airi auch schon und so konnte sie mit dem Kleinen rausgehen. Manchmal hörte sie ein Feixen. Frau ohne Mann mit Kind? Hallo, wie geht das? Sie musste sich schon was anhören. Aber es waren nicht alle so. So bekam sie das eine oder andere geschenkt.

So Babys wachsen ja wie Spargel. So schnell konnte sie gar nicht einkaufen, wie er aus den Sachen rausgewachsen war. Sein Geburtstag wurde auf den 05.02.1952 datiert. Jetzt war Anfang März. So war er dann schon ein paar Wochen alt. Airi dachte an die Taufe. Auch das musste hier geregelt sein. Sie wurde schon darauf angesprochen. Wann ist denn Taufe? Airi war traditionsgemäß Buddhistin oder auch Shinto. Beide Religionen waren in Japan vertreten. Und Japaner neigten dazu, sich beiden zugehörig zu fühlen. Aber Markus sollte später mal selber wählen können, was er glauben will. Ja, man muss erst mal glauben wollen. Die Mehrheit der Stadt war katholisch und so ließ Airi ihren Markus Fritz katholisch taufen, in dem Glauben, dass es das Beste für ihn währe. Und später konnte er ja dann entscheiden, was er denn wollte. So sollte die Taufe an einem Sonntagnachmittag durchgeführt werden. Aber es kam anders. Öffentlich wollte keiner das Baby taufen. Es ging nur als Nottaufe. Sonst musste sie sich taufen lassen und dann zu dem katholischen Glauben konvertieren und dann das Baby taufen. Also blieb nur eine Nottaufe. Das übernahm der katholische Priester. Heimlich, ganz hinten in der Kapelle. Airi war es recht und ihrem Vater auch. Airi wollte keine Konvertierung. Ihr Vater auch nicht.

Markus wuchs jetzt mehrsprachig auf. Das war von Vorteil. Dann konnte er später vielleicht mehrsprachig studieren. Also sprachen sie zu Hause deutsch, im Geschäft japanisch und ansonsten auch noch englisch. Airi wählte schon früh die musikalische Erziehung für den Kleinen. Es gab Klanghölzer, Schellen, Triangel, kleine Trommeln. Airi sorgte aber auch für Tasthölzer, um den Tastsinn zu schärfen. So wuchs Markus heran und er wuchs schnell. Es deutete alles darauf hin, dass er mal von großer Statur sein würde. Airins Vater kaufte ihr ein kleines Auto, damit sie unabhängig vom Bus sein konnte. Sie konnte damit auch für die Wäscherei Botengänge erledigen. Jahr um Jahr gingen so herum, Markus wurde mittlerweile schon drei Jahre alt. Sprechen lernte er sehr früh, laufen auch. Und er war an allem interessiert. Die Wäscherei lief auch prächtig, Naoki musste schon zweimal erweitern und stellte noch Aushilfen ein.

Airi wollte den Kleinen in die Musikschule bringen. Sie hatte bemerkt, dass Markus sehr musikalisch war und auch ein sehr gutes musikalisches Gehör hatte. Sie ging mit ihm rüber. Die Musikschule in Arnsberg war quasi auf der anderen Straßenseite. Sie traf dort eine Frau an, die für die Verwaltung der Schule zuständig war. Die nahm ihre Daten auf und verwies sie an eine Klavierlehrerin der Schule. Die nahm sich ihrer auch gleich an. Traditionsmäßig wurde hier Gitarre gelehrt. Aber auch Klavier. Sie besprachen das Vorgehen. Airi wollte für Markus ein Klavier als Musikinstrument. Klavier war für sie immer die Basis für alles andere. Gut währe ein Klavier zu Hause. Dann könne der kleine Mann immer daran üben, wann er wollte. Es ist eine freiwillige Sache und es bedarf dafür keinen Druck. Frau Spiegel, so hieß die Lehrerin, hatte eine Idee. Sie kannte jemanden in der Stadt, der hatt einen Flügel und spielte nicht mehr darauf. Sie wollte mal nachfragen, ob die Besitzer den ausleihen würden. Nun ist so ein Flügel nicht gerade klein und die Wohnung der Airi war klein. Also erst mal ausmessen. Die Wohnung über Airis war größer. Da hätte man Platz dafür. Und so ergab es sich. Airi konnt in die Wohnung über ihr ziehen, den Flügel konnte sie leihen und die Klavierlehrerin bot sich als Lehrerin für Markus an. In diesem Jahr tat sich eben viel im Leben der Airi. Es tat sich immer viel in ihrem Leben. Angefangen vom Tod ihrer Mutter, dann der Umzug nach Soest, später Arnsberg, dann das Findelkind, das Auto, den Flügel, die neue Wohnung, die Wäscherei. Ja, sie hat schon viel mitgemacht für ihr Alter. Ihr Vater konnte stolz auf seine Tochter sein. Das war er auch.

Mittlerweile ging Markus in den katholischen Kindergarten. Ohne Probleme, die Konfession spielte keine Rolle mehr. Dass er anders aussah als seine Mutter, störte keinen wirklich. Im Kindergarten spielte er vor allem mit den größeren Kindern. Mit denen konnte er schon mehr anfangen als mit den Kleinen. Und einmal die Woche kam die Frau Spiegel zu ihm nach Hause und begann mit Markus zu musizieren. Einen ganzen Nachmittag lang. Erst spielten sie mit den Klanghölzern, dann mit dem Glo-

ckenspiel und, vor allen, den Rhythmus üben. Auch Noten schauten sie sich an.
Markus mochte Bilderbücher. So brachte Frau Spiegel Notenbücher mit. Daraus las sie
vor. Das sah er sich genau an. Dadurch lernte Markus schon früh das Alphabet. Und
dann war es so weit, er durfte an den Flügel. Airi setzte sich ihn auf ihren Schoss und
klimperte auf den Tasten herum. Und er klimperte nach. Genau das, was Airi klimperte. Kurze Pause. Frau Spiegel staunte nicht schlecht. Das macht Hoffnung, sagte sie
zu Airi. Das muss man fördern. Und so geschah es auch.
Markus kam mit sechs in die Schule, damals Volksschule. Airi hat viel mit Markus
unternommen. Mittlerweile konnte er schon schreiben, auch Zahlen waren ihm
geläufig. Vor allem Brüche. Airi schickte ihn auch früh in einen Sportverein. Das war
wichtig für seine körperliche Haltung und Entwicklung. Was sie kochte as Markus gern.
Es bekam ihm auch gut. Und mit seinem Opa kam er auch gut zurecht. Der war ihm
sehr zugetan.
Und dann lernte Airi jemanden kennen. Er kam in die Wäscherei. Am Anfang ab und zu
dann immer öfter und dann machte er Airi Avancen. Warum nicht, dachte sie. Auch
Markus könnte einen Vater vertragen. Aber brauchte Airi einen Mann? Bisher kam sie
ohne ganz gut zu Recht und ihr Vater war immer für sie da. Gut, sie hatte keinen Sex.
Aber danach hatte sie auch kein Verlangen. Als Kind bekam sie auch nicht viel Zuwen-
dung von ihren Eltern. Nur das Notwendigste. Für Zärtlichkeiten gab es keine übrige
Zeit. Auch Markus bekam das zu spüren. Keine Zärtlichkeiten. Woher auch, Airi kannte
diese nicht. Und jetzt dieser Mann. Der erwartete sicher Zärtlichkeit. Airi mit ihren
jetzt 32 Jahren war über das gleich verliebt sein schon hinaus. Bauchgefühle kannte
sie eh nicht. Und so konnte sie agieren. Zuerst Markus, dann ihr Vater, dann die Arbeit, dann
sie. So was müsste der Mann respektieren, wenn er mit ihr zusammen wollte. Er
hieß Gerhard und wohnte in Soest. Er lud Airi in ein Restaurant in Soest ein. Für den
Abend. Es war aber Montag und in Soest war alles geschlossen. Airi wusste das und
frug ihn, ob er denn ein eigenes Restaurant hätte. Ja, log der. Die Traube. Später gab er
zu, dass er gelogen hatte. Er wollte sie eben beeindrucken. Für Airi war das mit Gerhard aber schon erledigt. Ab da ging sie ihm aus dem Weg. Diese Art mochte sie nicht.
Sie war selber immer sehr liebenswürdig, sehr hilfsbereit und immer wahrheitsgetreu.
Die Menschen in Japan wurden so erzogen. Airis Vater hat immer darauf geachtet. Seit
seine Frau verstorben war, hat er die Erziehung von Airi übernommen. Die Verwandt-
schaft hatte ihre eigenen Probleme, er konnte hier nicht mit Unterstützung rechnen.
Er hatte noch eine Schwester, eine Tante und einen Onkel. Aber der Krieg wirbelte
alles durcheinander.
Zurück zu Markus. Der entwickelte sich prächtig. Die Schule tat ihm sichtlich gut. Er
fühlte sich schnell bestätigt und nach der ersten Klasse kam er direkt in die Dritte. Er
übersprang die Zweite. Seine Passion aber war die Musik. Er spielte mittlerweile so gut
Klavier, dass er immer wieder auftreten musste. Zu Weihnachten, zu Jubiläen, zu sons-
tigen städtischen Festen in Soest als auch Arnsberg. Es gab immer eine Gelegenheit
vorzuspielen.
Airi unterstützte Markus, wo sie konnte. Sie fuhr ihn überall hin. Und dann hatte er
auch noch seinen Sport. Der war auch wichtig für ihn. Markus hatte noch eine wichtige Eigenschaft. Er war nicht streitsüchtig. Jedem Streit, jeder Schlägerei ging er aus
dem Weg. Manchmal musste er dafür viel einstecken. Er wurde beschimpfte, er wurde
bedrohte, er wurde verhöhnt. Doch nie ließ er sich aus der Reserve locken. Das
bewunderte Airi an ihm. Auch sonst gefiel ihr Markus gut. Mit seinen jetzt zwölf
Jahren war er schon ein junger Mann. Langsam setzte die Pubertät ein. Es war für Airi
nicht mehr möglich, alle Termine unter einen Hut zu bekommen. Sie musste ja auch
noch arbeiten. So besorgte sie ihm und sich ein Fahrrad. Das nutzten sie zu gemein-
samen Ausfahrten entlang der Ruhr. Und Markus konnte selbstständig überall hin.

Markus ging noch immer zur Musikschule. Er ging auch auf das Gymnasium. Das Laurentianum Gymnasium war eine alteingesessene Hochschule. Sie entstand aus dem Kloster Wedinghausen schon im 17. Jahrhundert. Also Wissen pur vor allem hinterlegt in der historischen Schulbibliothek.

Das besuchte er bis zum Abschluss und ging dann zum Studium an die Musikhochschule in Mannheim. Da war er gerade mal 15 Jahre alt. Airi zahlte ihm die Miete von einem Stipendium, das er für seine Leistungen in Arnsberg erhalten hat. An den Wochenenden kam er dann nach Hause. In den Ferien konnte er sich etwas Geld in der Wäscherei verdienen, oder er spielte irgendwo Klavier.

Gerhard hat die ablehnende Haltung Airis ihm gegenüber nicht verwunden. Immer wieder kam er in die Wäscherei, um sie zu sehen. Und er hoffte immer wieder, sie umzustimmen. An einem Tag in den Sommerferien, Markus war gerade da, kam Gerhard wieder hinein. Großvater war hinten in seinem Zimmer. Er arbeitete nicht mehr mit. Gerhard brachte seine Wäsche. Airi war auch da. Er sprach sie an. Airi reagierte eindeutig ablehnend. Da griff Gerhard nach ihren Schultern. Markus war sofort an Airis Seite und stieß Gerhard zur Seite. Er herrschte ihn an. Gerhard ging hinaus. Wütend, traurig. Ein Gemenge, was nichts Gutes zu verheißen hat.

Am Wochenende fuhren Airi und Markus mit dem Fahrrad die Ruhr entlang. Ihnen folgte ein Auto. Sie bemerkten es nicht. Erst als es sich ihnen näherte, wollten sie ausweichen und fuhren rechts an den Seitenstreifen. Da passierte es. Das Auto gab Vollgas und fuhr ihnen in die Seite. Markus stürzte und rutschte in die Ruhr. Vorher schlug er mit dem Kopf auf einen Stein. Airi lag auf der Straße mit Schürfungen. Aufmerksame Passanten notierten sich gleich das Nummernschild und suchten nach Markus. Jemand rief die Polizei und den Krankenwagen. Markus wurde von der Ruhr abgetrieben. Er lag mit dem Gesicht im Wasser, als er von den Rettungskräften geborgen werden konnte. Markus konnte wiederbelebt werden. Airi fuhr mit ihm ins Krankenhaus und blieb die ganze Nacht. Die Polizei hat den Fahrer schnell gefunden. Es war Gerhard. Eine Woche später stellte sich heraus, dass Markus nicht mehr geheilt werden konnte. Bei seinem Aufprall ist ihm ein Halswirbel herausgesprungen, er war dadurch gelähmt. Auch hatte er lange keinen Sauerstoff geatmet, das Hirn war geschädigt. Er war behindert, sein Leben lang. Airi verstand die Welt nicht mehr. Ihr Vater auch nicht. Airi pflegte Markus, solange sie konnte, so lange Markus lebte. Irgendwann machte sein Körper nicht mehr mit und er starb im Alter von 32 Jahren.